KB032968

WISHBOOKS MODERN FANTASY STORY

예성 장편소설

 2

예성 장편소설

초판 1쇄 찍은 날 | 2017년 11월 30일
초판 1쇄 펴낸 날 | 2017년 12월 7일

지은이 | 예성
펴낸이 | 예경원

기획 | 위시북스
편집책임 | 이규재
편집 | 이즈플러스

펴낸곳 | 예원북스
등록번호 | 제396-2012-000132호
등록일자 | 2012. 7. 25
KFN | 제1-187호

주소 | 경기도 고양시 일산동구 호수로 646-24 위너스21 II 빌딩 206A호 (우)10401
전화 | 031-819-9431 팩스 | 031-817-9432
E-mail | yewonbooks@naver.com

ⓒ예성, 2017

ISBN 979-11-6098-696-9 04810
     979-11-6098-694-5 (set)

CONTENTS

1장
기대주 강영웅

"오~"

"소리 좋네."

"누구지?"

"강? 한국인 선순가?"

인디언스는 과거 한국인 선수가 굉장한 활약을 했었다. 그렇기에 한국인 선수가 좋은 불펜 투구를 보이자 관심을 가졌다.

영웅의 불펜 투구 수가 15개가 넘어갈 무렵이었다.

"강!"

불펜 코치의 부름에 피칭을 멈췄다.

"네 차례야."

"네."

차례가 돌아왔다.

영웅은 불펜의 문을 열고 마운드로 달려갔다. 꽤 긴 거리를 달리는 사이 안내 방송이 나왔다.

[인디언스의 투수 교체입니다. 등번호 17번 영웅 강.]

영웅의 이름이 불렸다. 기자들이 카메라를 들고 영웅을 찍었다. 인디언스 구단 출입 기자들에게 있어 영웅은 낯선 이가 아니었다.

180만 달러라는 거액의 계약금을 받은 18살의 한국인 소년. 그 사실만으로도 기자들의 관심을 끌기에 충분했다. 특히 1년 만에 메이저 그룹에서의 등판이라는 점이 기대를 하게 만들었다.

한편 기자들 사이에는 동양인들도 있었다. 그중에 한 명인 김성훈이 매의 눈으로 영웅을 주시했다.

'마이너 그룹의 숙소에 보이지 않아 MILB(마이너리그) 캠프로 떨어졌나 싶었는데. 설마 메이저 그룹으로 승격이 됐을 줄이야.'

한국의 야구 전문 리뷰 사이트인 퍼펙트 베이스볼의 수석 기자인 그는 스프링캠프를 취재하기 위해 미국에 왔다. 한국인 메이저리거를 리뷰하기 위함이었다. 그 취재 대상에 영웅은 포함되어 있지 않았다. 메이저리그에서 뛰는 한국인의 숫자만 해도 7명에 달했다. 그들을 취재하는 것만으로도 시간이 촉박했다.

작년 하위 마이너리거를 취재할 이유는 없었던 것이다.

무엇보다 독자들이 궁금해하지도 않았고 말이다.

그런 와중에 영웅에 대한 소문이 들려왔다. 연습경기에서 98마일의 빠른 공을 던졌다는 이야기였다. 사실 확인을 한 뒤 영웅을 찾았다. 하지만 어디에서도 찾을 수 없었다.

이미 메이저 그룹의 숙소로 옮겼기 때문이었다.

'자, 과연 어떤 모습을 보여줄까.'

한국에서 제일가는 유망주. 하지만 1년 사이 그는 이미 한국인 야구팬들의 뇌리에서 사라졌다.

다른 마이너리거들처럼 말이다.

영웅이 연습 투구를 시작했다.

뻐엉-!

굉장한 소리가 그라운드를 울렸다.

"오~"

"좋은 소리."

"공이 뻗는 느낌이 아주 좋군."

단 하나의 연습 투구에도 기자들이 감탄을 터뜨렸다.

김성훈 역시 놀랐다.

'분명 좋은 공을 던졌지만 이건……'

한국에서보다 월등히 발전되어 있었다. 지금 보니 그때와는 몸집이 전혀 달라져 있었다.

'마이너리그에 있으면서 벌크업을 한 건가?'

다소 의외였다. 미국의 트레이닝 파트는 성장기 선수의 근육을 무리하게 키우지 않는다. 그래서 대부분의 고졸 선수는 한국 나이로 22살 혹은 23살이 된 이후부터 몸집을 키웠다.

'스스로 했다는 건가?'

그렇게 생각할 수도 있었다.

연습 투구가 끝났는지 코치가 마운드를 내려갔다.

타자가 타석에 들어섰다.

오늘 인디언스의 상대는 같은 굿이어 볼파크에 캠프를 차린 신시내티 레즈의 마이너 그룹이었다. 메이저급 선수는 없지만 트리플 A를 비롯한 유망주들이 모여 있었다.

그리고 소수지만 AAAA급 선수도 포함되었다. 타석에 들어서는 로버트 잰슨처럼 말이다.

'로버트 잰슨, 2년 전 LA 다저스 외야수로 120경기에 출장. 하지만 부상으로 기량이 하락하면서 현재는 마이너리그를 전전하는 신세.'

김성훈이 그의 정보를 떠올렸다.

'기량이 하락했다고는 하나 그건 주력과 파워 부분이다. 컨택 능력만 놓고 보면 아직까지 트리플 A 이상의 능력을 보여준다.'

하지만 메이저리그는 하나만 뛰어나선 들어갈 수 없다. 아무리 컨택이 좋더라도 수비가 되지 않는 잰슨을 쓸 구단은 많지 않았다.

'하지만 강영웅에게는 힘겨운 상대가 분명하다.'

전 메이저리거의 실력은 사라지지 않는다. 아직 메이저리그를 맛보지 못한 영웅에게는 높은 산일 수밖에 없었다.

그게 김성훈의 예상이었다.

그때 영웅이 와인드업을 했다. 한국에서도 이슈가 됐던 특유의 상체 비트는 투구 폼이 나왔다.

"오호, 와일드한 투구 폼이군."

"힘을 최대한 끌어 모으겠다 이건가?"

인디언스 출입기자들도 놀라는 눈치였다. 저렇게 공을 던지는 선수는 자유로운 메이저리그 역사에서도 흔치 않다.

상체의 비틀림을 풀면서 영웅이 공을 뿌렸다.

"차앗-!"

기합 소리가 관중석까지 들렸다.

쐐애애액-!

맹렬한 회전과 함께 공이 날아갔다.

방금 전 연습 투구와는 전혀 다른 구위였다.

뻐엉-!

굉장한 소리가 그라운드에 울려 퍼졌다.

"오오……."

"굉장하군."

"초구부터 97마일이라니."

먼저 정신을 차린 김성훈의 눈이 커졌다.

'고등학생 시절과는 비교도 할 수 없는 공이다.'

홈 플레이트 위에서의 무브먼트, 공에 담긴 힘, 그리고 컨트롤과 디셉션까지.

한 단계 발전한 모습이었다.

그때 옆에서 부스럭거리는 소리가 들렸다. 고개를 돌리니 기자들이 카메라를 꺼내 설치하고 있었다.

'나도 이럴 때가 아니지.'

특종을 잡아야 했다.

김성훈도 발 빠르게 카메라를 설치했다.

한국.

수정은 여전히 공장에서 일을 하고 있었다. 이제 제법 숙녀 티가 났다. 한국 나이로 23살이니 그럴 만도 했다. 회식을 끝내고 기숙사에 도착한 수정은 녹초가 됐다.

"아우……. 최 과장도 정말 끈질기다니까."

최근 최 과장에게 대시를 받는 그녀다. 오늘도 회식에서 만취가 된 최 과장이 사랑한다고 들러붙는 바람에 급하게 도망쳤다.

"빨리 씻자."

가볍게 샤워를 하고 나온 수정은 얼굴에 팩을 붙이고 스마트폰을 켰다.

"어디 보자……."

그리고 매일 하는 일상을 반복했다.

영웅이 미국에 간 뒤로 그녀는 매일 밤마다 영웅의 기사를 검색했다.

처음에는 많은 기사가 나왔다. 하지만 시간이 지날수록 기사가 적어지더니 최근에는 과거의 기사밖에 나오지 않았다. 게다가 최근 아이돌 그룹 중에 영웅이라는 이름을 가진 멤버가 인기를 끌면서 검색도 어려워졌다.

"에휴……. 오늘도 이놈밖에 없구나."

오늘도 아이돌 그룹 영웅에 대한 기사만 주르륵 떴다. 만에 하나라는 마음에 기사 더보기를 누르고 스크롤을 내렸다.

"엄마가 실망하겠는데."

그녀가 영웅의 기사를 찾는 이유에는 동생을 생각하는 마음도 있지만 엄마를 위함이 더 컸다.

영웅이 미국에 가기 전 선물한 스마트폰을 받았을 때 엄마는 영웅의 기사를 매일 같이 검색했다.

지금도 집에 가면 옛날 기사가 스크랩되어 한쪽 벽면을 가득 메우고 있었다.

그런 엄마를 위해 검색을 했다.

아무리 일이 힘들고 지쳐도 매일 밤 거르지 않았다.

그때였다.

"어?"

야구 관련 기사에 영웅의 이름이 보였다. 상체를 벌떡 일으킨 그녀가 기사를 클릭했다.

[클리블랜드 인디언스의 한국인 유망주 강영웅, 메이저리그 캠프에서 첫 선을 보이다!]

제목의 뒤를 이어 동영상이 링크되어 있었다.

그녀가 재생 버튼을 눌렀다.

[뻐엉-!]

[스트라이크!]

영상 속에는 영웅이 씩씩하게 공을 던지는 모습이 담겨져 있었다. 그 밑으로 기사가 이어졌다. 모르는 단어가 절반 이상이었다. 그것들을 지나 댓글을 확인했다.

-공 정말 좋네요. 올해 메이저리그 콜업 기대해 봅니다.

"헤헤헤, 우리 동생이 좀 잘 던져요."

칭찬의 댓글에 그녀가 바보처럼 웃었다. 하지만 아래 댓글을 확인하자 얼굴이 굳어졌다.

-고작 연습경기 등판 아님? 마이너리거 상대로 잘 던져 봤자 쓸모없잖슴?
-이러다가 또 마이너리그에 내려가겠지.

"에라잇!"

주먹을 쥐어 정체를 알 수 없는 상대를 위협한 그녀가 기사를 스크랩했다.

"댓글을 빼고……."

엄마를 세심하게 챙기는 딸이었다. 그리고 동영상까지 다운받아 메신저로 전송했다.

숫자 1이 사라지고 한참 동안 대답이 없었다.

"기사 확인하는 중인가?"

수정은 머리에 수건을 풀고 머리를 말렸다.

까톡-!

그때 메신저가 울렸다.

엄마였다.

메신저를 열자 하나의 이모티콘이 나타나 있었다.

단무지에 토끼 귀를 한 정체불명의 캐릭터가 엄지를 들고 있는 이모티콘이었다.

"영웅아! 앞으로도 잘해! 엄마가 굉장히 좋아한다!"

혹시나 동생이 부담스러울까, 직접 메신저를 보내지 못하고 혼잣말을 뱉듯 말하는 수정이었다.

영웅은 연일 활약을 이어갔다.

메이저 그룹에 합류한 이후 연습경기에서 무실점 행진을 이어갔다.

'시기상으로 봤을 때 한 번의 등판이 더 남았나?'

연습경기 스케줄도 막바지였다. 시범 경기가 시작되는 시점을 봤을 때 영웅이 등판할 수 있는 경기는 한 경기 정도였다.

'긴 이닝을 던져 보고 싶은데.'

영웅은 선발 투수다. 하지만 연습경기에선 길어야 2이닝을 던졌다.

그것도 한 번뿐이었다. 그 외에는 모두 1이닝만 책임졌다.

연습경기는 다양한 선수를 테스트하는 장이다. 간혹 한 선수가 3이닝을 던지기도 한다. 그런 선수의 대부분은 선발로서의 능력을 테스트 받는 것이었다.

'날 중간 계투로 보고 있는 건가?'

가능성이 있었다.

마이너리그에서 선발로 뛰었지만 메이저리그에서도 그럴 거라 확신할 수 없었다.

'어느 포지션이건 상관없다.'

영웅은 마음을 다잡았다.

'메이저리그에 올라가는 걸 목표로 삼자.'

처음 캠프가 시작될 때와는 마음가짐이 달라졌다. 그때만 해도 메이저리그가 보이지 않았다. 하지만 경기가 진행될수록 점점 보였다.

손에 잡힐 듯이 말이다.

그때였다.

똑똑-!

"예."

문이 열리고 익숙한 얼굴이 보였다.

팜 디렉터 테즈였다.

"강, 쉬고 있었는데 미안하네."

"아닙니다. 그런데 무슨 일이시죠?"

"내일 경기에서 4이닝을 던질 거라네."

"4…… 이닝이요?"

"오커닐 감독이 선발로서의 능력을 보고 싶다고 하니 잘해 보게."

"예!"

기회가 찾아왔다.

마지막 연습경기에 많은 관중이 찾았다. 기자도 평소보다 많았다. 그리고 구단의 고위 관계자들도 보였다.

레이널드 단장도 관중석에 앉아 경기를 기다리고 있었다.

'강영웅이 선발이라.'

손에 들린 선수 명단을 확인한 단장이 미소를 지었다.

'이번 연습경기에서 꽤 좋은 모습을 보인다지.'

영웅의 활약에 대해 매일 인디언스 언론이 기사를 쏟아내고 있었다. 그걸 레이널드 단장이 모를 리 없었다. 그래서 직접 캠프를 찾았다. 눈으로 확인하기 위해서 말이다.

'어떤 모습을 보여줄지 기대되는군.'

그런 기대를 하는 사람은 또 있었다. 한국에 영웅의 연습경기 기사를 처음 내보낸 김성훈이었다.

'현재 선발진이 불안한 인디언스에서 영웅을 선발로 내보낸 건 의미가 크다.'

메이저리그에서 선발은 5명을 사용한다. 하지만 인디언스에서 확실하게 선발 투수로 내세울 수 있는 선수는 2명밖에 없다.

이번 캠프에 투수가 평소보다 많이 참가한 이유였다. 인디언스 출입기자들에게 이야기를 들어보면 3명의 선발자리는 확정이 된 듯싶었다.

그 말인즉슨 2자리는 아직 유동적이란 점이다. 그런 상황에서 영웅을 선발로 테스트하기 위해 내세웠다.

'영웅도 선발 후보란 소리지.'

메이저리그의 선발은 아무나 들어갈 수 있는 자리가 아니다. 선택받은 이들만이 들어갈 수 있다. 그렇기에 모든 포지선을 통틀어 두 손가락에 꼽히는 연봉을 받을 수 있었다.

'그러기 위해선 산을 넘어야 된다.'

오늘 상대는 같은 애리조나 지역에 캠프를 차린 LA 다저스였다. 다저스는 작년 월드시리즈에 진출했다. 하지만 아쉽게도 우승을 하지 못했지만 그 전력은 여전히 유지하고 있었다.

'다행인 건 상대 팀 역시 정예 멤버가 아니란 점이지.'

연습경기다. 전력으로 경기에 나설 리 없다.

다저스의 타선 중 주전 선발은 2명밖에 없었다. 나머지는 트리플 A 선수로 채워져 있었다.

'두 명의 메이저리거를 어떻게 상대하느냐가 오늘 경기의 내용을 결정짓겠군.'

그사이 영웅이 연습 투구가 끝났다. 로진을 손에 묻히는 사이 1번 타자가 타석에 들어섰다.

트리플 A 소속 선수였다.

포수가 사인을 냈다. 초구는 바깥쪽 패스트볼.

"후우……."

깊게 숨을 내쉰 영웅이 와인드업을 했다. 상체가 비틀릴 때, 김성훈이 사진기의 셔터를 눌렀다.

찰칵-!

좋은 사진이 찍혔다.

영웅은 동작을 이어가 팔을 채찍처럼 휘둘렀다.

"하앗-!"

쐐애애액-!

뻐억-!

"스트라이크!"

포수가 원한 곳보다 공 하나는 높게 들어갔다. 하지만 구심의 스트라이크 콜을 이끌어내기에 충분했다.

라이징성의 궤적에 타자가 살짝 인상을 찌푸렸다.

'생각보다 더 떠오르는 느낌인데.'

영웅에 대한 소문은 익히 들었다. 90마일 후반의 라이징 패스트볼을 던진다. 그래서 대비를 하고 있었다.

한데 예상보다 훨씬 더 높게 떠오르는 느낌이었다.

'다른 변화구들도 좋다고 했었지.'

타자가 다시 타석에 섰다. 영웅은 빠른 템포로 다음 투구를 이어갔다.

촤앗-!

다리를 들어 올리자 마운드의 흙이 스파이크에 묻어 허공에 흩날렸다.

"차앗-!"

채찍처럼 휘둘러지는 그의 팔이 허공에 뿌려진 흙을 흩어 놓았다.

쐐애애액-!

'이번에는!'

타자의 발이 땅을 디뎠다. 허리가 회전하며 공을 치기 위해 빠른 타이밍으로 배트를 돌렸다.

그 순간 공이 몸 쪽으로 파고들었다.

'슬라이더!'

급하게 배트의 궤적을 바꾸었다. 하지만 공이 먼저 홈 플레이트 위를 지나갔다.

뻐엉-!

후웅-!

"스트라이크! 투!"

타자의 얼굴이 일그러졌다. 슬라이더가 이런 속도로 올 줄은 몰랐다. 하지만 그건 타자의 오해였다.

방금 영웅이 던진 공은 컷 패스트볼이었다.

일명 커터라 불리는 구종이었다. 슬라이더와 비슷한 궤적을 그리지만 변화는 더 적었다. 대신 구속은 빨랐다. 양키스의 전설적인 마무리 마리아노 리베라의 주특기로 잘 알려져 있었다.

"후우……."

'진정하고 공을 정확히 보자.'

침착함을 가지고 타석에 들어섰다. 그 순간 영웅이 와인드업을 했다. 이번에도 매우 빠른 템포였다.

'제길!'

템포를 빠르게 하면 타자를 당황시킬 수 있다. 장점이 있으면 단점도 있다.

투수의 호흡도 정돈이 되지 않았고 또 빠른 박자로 공을 던지면 밸런스가 흐트러질 가능성이 높았다. 하지만 영웅에게는 해당이 없었다. 말처럼 단단한 허벅지가 밸런스를 완벽하게 잡아주고 있었기 때문이다. 영웅은 잭에게서 하체 훈련에 대해 배웠다.

나중에 안 사실이지만 잭의 운동법은 단순히 하체만 단련

하기 위한 게 아니었다. 코어까지 강화가 되는 단련법을 알려
주었다. 덕분에 영웅의 코어 근육은 매우 발달되어 있었다.

코어 근육의 발달은 그의 뛰어난 밸런스로 이어졌다.

"흡—!"

쐐애애액—!

손을 떠난 공이 굉장한 속도로 날아갔다.

'또다시 패스트볼!'

타자의 스윙이 시동을 걸었다. 이번에야말로 때린다. 혹시
모를 변화에 대비해 오른발을 바깥쪽으로 내디뎠다. 오픈스
탠스라 불리는 타격 폼이었다. 이렇게 하면 몸 쪽으로 붙어
오는 공도 때려낼 수 있었다.

공이 날아오는 궤적이 바깥쪽보다 조금 가운데로 몰린 걸
보고 내린 결론이었다.

'걸렸어!'

홈 플레이트에 거의 도달했지만 공의 변화는 없었다.

확신을 가지고 스윙을 이어갔다.

그 순간.

공이 갑자기 시야에서 사라졌다.

'어?!'

후웅—!

배트가 허무하게 허공을 갈랐다.

퍼펔—!

뒤이어 연달아 둔탁한 소리가 들려왔다. 타자가 급하게 포
수의 미트를 확인했다. 몸을 낮추고 가랑이 사이를 막고 있

는 미트에는 공이 박혀 있었다.

"스트라이크! 아웃!"

'스플릿······!'

"제길!"

완전히 당했다.

설마 스플리터까지 던질 수 있을 줄이야.

놀란 건 타자만이 아니었다. 경기장을 찾은 야구 관계자들 역시 놀라는 기색이 역력했다. 기자석도 마찬가지였다.

"도대체 몇 가지의 구종을 던지는 거야?"

"이전 경기에서 던졌던 공들이 포심, 커브, 슬라이더, 커터에 투심도 던졌고 거기다가 스플리터까지?"

"단순히 던지는 게 아니라 완성도가 높아."

오커닐 감독이나 레이널드 단장도 호기심 어린 시선으로 바라봤다.

'마이너에서 좋은 평가를 내린 이유가 있었군.'

첫 타자부터 사람들의 이목을 집중시킨 영웅은 다음 타자마저 삼진으로 돌려세웠다. 하지만 다음 타자는 만만치 않았다.

'진짜 메이저리거가 나오는군.'

김성훈의 시선이 타석으로 걸어오는 거구의 사내에게 향했다. 이전의 타자들과 분명 다른 포스를 내뿜고 있었다.

'작년 시즌 37개의 홈런을 때려낸 카를로스.'

올해 메이저리그 데뷔 7년 차가 된 선수다.

매 시즌 20개 이상의 홈런을 때려내며 어느덧 통산 홈런 300개에 근접해 있었다. 정확성 역시 좋은 타자로 정평이 나 있었다. 즉, 파워와 정확성 둘 모두를 갖춘 타자라는 소리였다.

'진짜 메이저리거를 상대로 어떤 모습을 보여줄까?'

경기를 관람하는 야구 관계자들의 머릿속에 똑같은 의문이 떠올랐다. 포수의 사인을 받은 영웅이 피처 플레이트를 밟았다.

특유의 투구 폼과 함께 공을 뿌렸다.

쐐애애액-!

공이 존 바깥쪽 낮은 코스로 날아갔다.

카를로스의 배트가 매섭게 돌았다.

후웅-!

딱-!

경쾌한 소리가 울려 퍼졌다.

공이 좌익수 방면으로 매섭게 날아갔다. 하지만 스핀이 걸리면서 그대로 좌익선상을 벗어났다.

"파울!"

3루심이 파울을 선언했다. 그러자 기자석에서 탄성이 터져 나왔다.

"아깝네."

"밀어치긴 했지만 그대로만 나갔으면 펜스를 넘길 수도 있었는데 말이지."

밀어치는 타구는 웬만한 힘이 없으면 홈런을 만들 수 없다. 카를로스는 그걸 할 수 있는 타자였다.

김성훈은 설치해 둔 스피드건의 수치를 확인하곤 눈가를 구겼다.

'97마일짜리 공에 타이밍을 저렇게까지 맞추다니.'

좋은 타자라는 걸 보여주는 대목이었다.

'괜찮을까?'

영웅이 걱정되기 시작했다. 친분은 없다. 하지만 같은 나라 사람이니 당연히 신경이 쓰였다.

'아직 변화구가 있으니 괜찮겠지.'

앞에 두 타자를 속수무책으로 만들었던 변화구들. 그것을 섞어내면 충분히 잡아낼 수 있다. 그렇게 생각할 때쯤, 영웅이 2구를 던지기 위해 다리를 들었다.

"흡-!"

2구를 뿌렸다.

빠른 속도로 날아오는 공에 카를로스의 배트가 돌았다.

후웅-!

딱-!

배트가 공을 때렸다.

하나 아쉽게도 타구는 1루 라인 선상을 벗어났다.

"쳇!"

본인도 아쉬운 듯 카를로스가 혀를 찼다.

'2구 연속 패스트볼이라니……. 위험했다.'

잡아당기는 타구는 힘을 제대로 실을 수 있기 때문에 장타가 자주 나온다.

김성훈이 스피드건을 확인했다.

"어?"

순간 자신의 눈이 잘못됐나 의심이 들었다. 그래서 눈을 비볐다.

하지만 스피드건의 숫자는 변하지 않았다.

[93마일]

'어떻게 된 거지?'

1구에 비해 4마일이나 떨어져 있었다.

'벌써 힘이 떨어졌을 리는 없고…….'

이제 10개의 공을 던졌다.

그건 아닐 것이다.

'설마 부상?'

좋지 않은 생각이 머리를 스쳤다.

부상은 어떤 선수건 피할 수 없는 일이다. 제아무리 신이라 할지라도 말이다.

특히 한국의 아마추어 선수들은 어릴 때부터 혹사를 당한다. 영웅이 비록 혹사가 없다고 알려진 대명고를 졸업했다곤 하나 내부 사정까지는 알 수 없는 일이다.

김성훈은 조심스러운 눈으로 영웅을 살폈다. 하지만 별다른 이상 징후는 보이지 않았다. 자신의 루틴대로 로진을 손끝에 묻히고 다시 마운드에 섰다.

사인 교환이 길어졌다.

포수의 사인에 영웅이 네 번이나 고개를 저었다. 그리고 마지막에 자신이 사인을 냈다.

포수가 어쩔 수 없다는 듯 사인을 받았다.

'이번 공에서 알 수 있겠지.'

와인드업과 함께 영웅이 3구를 뿌렸다.

쐐애애액-!

맹렬한 소리와 함께 공이 빠르게 날아갔다.

'이번에도 패스트볼!'

궤적을 확인한 김성훈이 놀랐다. 카를로스 같은 타자를 상대로 3구 연속 패스트볼이라니.

미친 짓이었다.

그것을 증명하려는 듯 카를로스의 배트가 매섭게 돌았다.

따악-!

한데 결과는 예상과 전혀 달랐다.

공이 나아가지 못하고 힘없이 허공에 떠올랐다. 내야에 높게 뜬 공을 유격수가 가볍게 잡아냈다.

"아웃!"

카를로스를 단 공 3개로 잡아냈다.

김성훈이 급하게 스피드건의 숫자를 확인했다.

[99마일]

'방금 전보다 6마일이 빨라졌다…….'

공의 궤적은 라이징성이었다.

타구가 높게 뜬 이유를 이제야 깨달았다.

'카를로스는 2구에 던진 93마일짜리 공에 대한 이미지가 남아 있었을 거다. 거기에 맞춰 배트를 돌렸을 테니 당연히 타이밍이 늦을 수밖에 없었다.'

한 가지 이상한 점도 있었다.

'카를로스 정도의 타자라면 배트 스피드를 빠르게 하는 정도는 할 수 있었을 거다. 처음부터 전력으로 돌리지 않았을 테니…….'

그때 머리가 번뜩였다.

'일부러 라이징을 던졌다면 앞뒤가 맞는다.'

앞서 던진 두 개의 공은 모두 평범한 패스트볼이었다.

즉, 변화가 없었단 소리다.

그 두 개의 궤적에 카를로스의 눈은 익숙해졌을 것이다. 그런 상황에서 라이징 패스트볼을 상대하면 어떤 타자라도 정확한 궤적에 맞추는 건 불가능했다.

'설마 이 모든 걸 생각하면서 던졌다고?'

불가능한 건 아니다.

베테랑이라면 수 싸움에 능한 경우가 많았다. 하지만 영웅은 이제 갓 2년 차 프로 선수였다.

그것도 1년은 루키, 싱글 A, 더블 A에서 뛴 선수다. 그런 선수가 산전수전 다 겪은 투수처럼 공을 던진다?

'도대체…….'

상식적으로는 이해가 되지 않는 상황이 눈앞에 펼쳐지고 있었다.

영웅의 호투는 이어졌다.

2회에도 세 타자를 모두 삼자범퇴로 돌려세웠다.

체인지업으로 첫 번째 타자를 3루수 땅볼, 두 번째 타자는 커터로 2루수 땅볼, 세 번째 타자는 라이징 패스트볼로 삼진을 만들어냈다. 2회에 던진 투구 수는 8개. 총 투구 수는 18

개로 매우 경제적인 피칭을 이어가고 있었다.

"인상 깊군."

레이널드 단장이 감탄을 금치 못했다.

처음 그의 스카우팅 리포트를 봤을 때 놀랐다. 한국의 고교 선수에게 대부분의 스카우터가 60점 이상을 줬기 때문이다.

당장 어느 팀을 가도 주전급 활약을 할 거라는 평가였다. 직접 눈으로 봤을 때도 분명 좋은 투수라는 건 알았다. 하지만 이 정도까지인지는 몰랐다.

'단순히 힘으로 밀어붙이는 타입인지 알았다. 하지만 아니었어.'

완급 조절이 뛰어났다. 마치 빅 리그에서 십 년을 뛴 능구렁이처럼 타자들을 요리했다.

'메이저리그에서도 통하겠군.'

미국 문화에 적응하라는 명목으로 마이너리그에 두었다.

그동안 여러 차례 보고서가 올라왔지만 굳이 올리지 않았다. 하나 지금은 아니었다.

현 클리블랜드 인디언스의 팀 사정은 좋지 않았다.

구단의 자금 문제로 베테랑급 선수들과 프랜차이즈 스타들을 하나둘 다른 구단에 넘겼다.

즉, 스타플레이어가 없다는 소리였다.

이번 시즌도 지구 우승은커녕 꼴찌 후보 1순위로 꼽히고 있었다. 이대로라면 구장의 티켓 판매에도 영향이 갈 수밖에 없었다.

실제로 시즌권 판매가 역대 최악의 길을 걷고 있었다.

뭔가 반전이 필요했다.

'그 반전의 열쇠가 보이는군.'

레이널드의 시선이 영웅을 주시했다.

이날 영웅은 4이닝 동안 41개의 공을 던지며 탈삼진 7, 무실점, 1피안타, 무사사구로 경기를 끝냈다. 하지만 클리블랜드는 7회 카를로스에게 3점 홈런을 내주며 패배했다.

경기 뒤, 레이널드 단장의 방.

단장과 감독 그리고 몇몇 직원이 앉아 있었다.

"미스터 강, 대단히 발전했네요."

"퍼텐셜은 대단한 선수였으니까요."

"작년에도 이미 메이저리그 주전급 기량은 가지고 있던 선수였습니다."

직원들이 대답했다.

"미국 문화에 적응하는 데도 문제가 없고 마이너리그에서도 동료들과 불화를 일으킨 적이 없습니다."

"오히려 *그가* 먼저 나서서 다가서는 경우가 많았다고 합니다."

더 이상 마이너리그에 둘 이유가 없었다. 아니, 딱 하나 있었다.

"시기가 문제군요."

레이널드 단장의 말에 직원들이 고개를 끄덕였다.

유망주들이 메이저리그에 콜업이 되는 기간은 대부분 6월이었다. 이유는 바로 서비스 타임이다.

개막전부터 유망주를 데뷔시키면 FA 기간이 1년이 빨라진다. 하지만 4월이나 5월에 데뷔를 한다면 FA 기간은 1년이 미뤄진다. 그렇기 때문에 메이저리그에서 유망주가 개막전 엔트리에 드는 일은 보기 힘들었다.

이야기를 듣던 오커닐 감독이 의견을 말했다.

"구단의 사정도 알고 있지만 팀을 생각해 봤을 때는 최대한 빨리 올려주는 게 좋습니다. 현재 선발 쪽에 빈자리가 많습니다."

"알고 있습니다. 최대한 빨리 결정을 짓겠습니다. 일단 시범 경기 쪽으로 검증을 해보죠."

'지금까지 본 것만으로도 충분하지 검증은 무슨……!'

오커닐 감독이 속으로 불만을 토로했다.

구단 고위급 인사들은 너무 조심스럽다.

이유를 알고 있다. 메이저리그의 긴 역사 동안 섣불리 빅리그에 올려 망가진 유망주가 많다는 걸.

알고는 있지만 팀을 이끌어야 하는 오커닐로서는 단장의 저 말이 답답하게 느껴졌다.

[강영웅, 시범 경기 엔트리에 포함!]

한국에서 기사가 떴다.

영웅이 시범 경기 엔트리에 포함됐다는 기사다. 연습경기 때는 소소하게 언급이 되는 정도였다.

하지만 시범 경기 엔트리에 들자 대부분 언론사가 그에 관련한 기사를 썼다.

바빠진 건 수정이었다.

"이게 다 몇 개야."

퇴근 이후 기사들을 스크랩해 엄마에게 보냈다. 좋아할 모습이 벌써 눈에 선했다.

"짜식! 잘하고 있나 보네."

수정이 밤하늘을 보며 말했다.

"댓글도 점점 호의적인 반응으로 돌아서는데?"

영웅의 활약이 이어지자 네티즌의 반응도 좋아졌다. 많은 사람이 응원을 보내주었다.

"시범 경기라……."

한국에서 메이저리그 경기를 보는 건 어렵지 않았다.

"시간이 맞으면 좋을 텐데."

야간 일을 나가게 되면 오전에 경기를 볼 수 있다.

하지만 시기가 잘 맞아야 했다.

"다음 주 월요일이네!"

딱 주야가 바뀌는 날이었다.

"체크!"

오랜만에 동생의 모습을 볼 수 있다는 사실에 기뻤다.

캑터스 리그가 시작됐다.

메이저리그 정규 시즌을 앞둔 시범 경기지만 많은 관중이 경기장을 찾았다.

클리블랜드는 두 경기를 치렀다.

결과는 2전 2패.

1선발과 2선발이 나선 경기였기에 와르르 무너지진 않았다. 하지만 불펜 쪽에서 점수를 허용하며 패배로 이어졌다.

타격은 그나마 괜찮았다. 두 경기에서 안타 8개를 몰아치며 5점을 냈다. 문제는 불펜 쪽에서 더 많은 점수를 줬다는 거지만 말이다.

영웅은 불펜에서 어깨를 달구고 있었다. 오늘 경기에서 선발로 나서기 위함이었다.

"흡-!"

퍽-!

20개의 공을 던진 뒤에야 영웅은 휴식에 들어갔다.

벤치에 앉아 휴식을 취할 때, 투수 코치인 존슨이 다가왔다.

"오늘 경기에서 70구로 투구 수 제한을 둘 생각이네."

"알겠습니다."

영웅은 이전 경기에서 41개의 공을 던졌다. 체력적으로 여유가 있었기에 30구를 늘려 제한을 뒀다.

"그럼 슬슬 준비하자고."

"예."

시간이 흘러 경기장에 관중들이 들어왔다. 선수들은 그라운드에서 캐치볼을 하며 어깨를 풀었다.

경기 시간이 서서히 다가왔다.

영웅은 경기장에 세팅된 카메라를 보며 한국을 떠올렸다.

'이번 경기는 한국에도 중계가 된다고 했지?'

TV가 아닌 인터넷 중계지만 오히려 그게 더 보기 편했다. 자신이 원하는 경기를 볼 수 있기 때문이다.

'누나가 본다고 하던데.'

누나의 메시지가 떠올랐다.

잘 던져라.

간단하지만 부담을 주지 않는 메시지였다.

나름 생각해서 보낸 거다.

'잘 던져야지.'

영웅은 며칠 전 최성재를 만났다.

여러 이야기를 나누었다. 그중에는 현재 상황에 대한 이야기도 있었다.

"현재 클리블랜드는 선발과 불펜이 불안합니다. 1, 2선발은 확정, 넓게 봐서 3선발까지도 후보자가 있다지만 4선발과 5선발은 빈자리입니다. 즉, 그곳을 파고들어야 된다는 겁니다."

세 번째 시범 경기.

거기에 선발 투수로 영웅이 오른다.

말인즉슨 오커닐 감독은 영웅을 3선발로 생각하고 있다는 뜻이다.

"문제는 단장 쪽입니다. 메이저리그는 냉정한 비즈니스의 세계입니다. 하지만 그것도 성적이 뒷받침이 되어야 합니다. 만약 그렇지 않다면 팬들이 등을 돌릴 겁니다. 구단들은 그걸 가장 두려워합니다."

"그럼 어떻게 해야 됩니까?"

"팀에 반드시 필요한 선수라는 걸 어필해야 됩니다. 실력으로 말이죠."

최성재의 말을 떠올리며 영웅이 자리에서 일어났다.

"강! 나가자."

그와 배터리를 맡게 된 클리블랜드의 주전 포수 페르나가 말했다.

영웅이 고개를 끄덕이고 글러브를 집었다.

그리고 마운드로 달려 나갔다.

2장
시범경기에 오르다

　[클리블랜드 인디언스의 마운드에 강영웅 선수가 올라왔습니다. 1년 만에 메이저리그 시범 경기 무대에 오른 건데요. 매우 빠른 속도 아닙니까?]

　[그렇긴 하지만 연습경기에서 보여주었던 성적과 내용을 보면 너무 늦은 콜업이라고 볼 수 있습니다.]

　[말씀해 주신 대로 강영웅 선수는 연습경기에서 압도적인 성적을 냈습니다. 5경기에 등판해 9이닝을 던지면서 모두 16개의 탈삼진을 기록했으며 평균 자책점은 제로였습니다.]

　[그것만이 아니죠. 피안타 역시 제로로 퍼펙트 피칭을 이어갔습니다.]

　[어린 나이임에도 불구하고 정말 대단한 성적이었습니다.]

　칭찬이 이어졌다.

　모니터를 보는 수정이 웃음을 참지 못했다.

"짜식, 잘하고 있네."

곧 화면이 바뀌면서 영웅이 비쳤다.

"얼굴 많이 탔네."

한국을 떠난 지 고작 3개월이다. 그사이 영웅의 얼굴은 갈색으로 그을려 있었다.

"선크림 좀 바르라니까!"

[뻐엉-!]

스피커를 통해 굉장한 소리가 들려왔다.

[연습 투구가 시작됐습니다.]

[화면상임에도 불구하고 공에 묵직함이 느껴지는군요.]

연습 투구가 끝났다.

영웅이 등을 돌려 손에 로진을 묻혔다. 그리고 고개를 들어 주변을 둘러봤다.

'오천 명이나 들어왔다더니.'

경기 시작 전, 오천 명의 관중이 경기장을 찾았다는 집계를 봤다.

경기 후에도 계속 관중이 들어오니 더 많은 숫자일 거다.

떨리진 않았다.

오히려 즐거웠다.

"관중의 시선을 즐겨라."

사이 영이 했던 말을 떠올리며 영웅이 마운드에 섰다.

그의 시선에 타석에 들어오는 타자가 보였다. 다부진 몸의 금발 사내였다.

'빠른 발, 정확한 컨택 능력, 거기다가 파워까지 갖춘 선수다.'

크리스 델.

작년 시즌 17개의 홈런과 30개의 도루, 그리고 3할 2푼의 타율까지 기록한 선수다.

메이저리그 리드 오프 중 한손에 꼽을 정도로 뛰어난 능력을 보유하고 있었다.

올해 역시 시카고 컵스의 1번 타자로 낙점 받은 상태다.

페르나가 사인을 보냈다.

'바깥쪽 패스트볼.'

원하던 코스였다. 영웅이 피처 플레이트를 밟고 다리를 차올렸다. 상체를 비틀어 힘을 모은 뒤 그대로 공을 뿌렸다.

"차앗-!"

쐐애애액-!

뻐엉-!

"스트라이크!"

[초구! 95마일의 빠른 공이 그대로 미트에 꽂힙니다!]

[바깥쪽 무릎 높이로 들어가는 좋은 공이었습니다.]

경기가 시작됐다.

'2구는 커브.'

영웅이 고개를 끄덕였다.

'손끝의 감각이 좋다.'

글러브 안의 공을 만지며 생각했다. 초구를 던질 때 실밥이 긁히는 느낌이 좋았다.

이런 날이면 변화구도 잘 던져진다. 그것을 알기에 영웅은 자신감을 가지고 2구를 뿌렸다.

"흡-!"

그의 손을 떠난 공이 포물선을 그리며 날아갔다. 빠른 공을 대비하고 있던 델의 발이 일찌감치 땅을 디뎠다. 하지만 공의 궤적을 확인하고 허리를 돌리지 않았다.

그 상태에서 기다리다 공이 다가왔을 때 빠르게 허리의 회전을 시작했다.

후웅-!

배트가 먹이를 노리는 매처럼 공을 낚아챘다.

딱-!

경쾌한 소리와 함께 공이 빠르게 우익수 방향으로 날아갔다. 그러나 타구의 방향이 너무 정면이었다.

퍽-!

우익수가 가볍게 공을 잡아냈다.

[첫 번째 타자를 우익수 뜬공으로 잡아냅니다.]

[커브의 각이 나쁜 편은 아니었는데 크리스 델 선수가 정말 잘 쳐 냈습니다.]

'흠, 오늘 커브가 별론데.'

영웅이 손을 보며 생각했다. 페르나 역시 그걸 느꼈는지 다른 구종들로 영웅을 리드했다. 두 사람의 호흡은 척척 맞았다. 연습경기 동안 계속 파트너로서 활동한 덕분이다.

영웅의 공격적인 성향을 간파한 페르나는 연신 빠르게 승부구를 요구했다. 영웅은 그때마다 정확한 코스에 공을 던졌다.

퍽–!

"스트라이크! 배터 아웃!"

[좋은 공이 들어갔습니다. 떨어지는 슬라이더로 삼진을 잡아냅니다.]

[꺾이는 각도가 매우 좋네요.]

[1회를 삼자범퇴로 깔끔하게 처리하는 강영웅 선수입니다. 저희는 1회 말 클리블랜드의 공격으로……]

영웅이 마운드를 내려왔다.

1회 삼자범퇴.

삼진 2개를 잡아내는 퍼펙트한 스타트였다.

인디언스 팬들의 박수를 뒤로 하고 벤치에 돌아온 영웅은 휴식을 취했다.

'커브는 생각보다 통하지 않는다. 하지만 슬라이더는 제대로 통했어.'

1회에 던진 13개의 공 중 패스트볼이 7개였다. 나머지 5개 중 2개는 커브였고 3개는 슬라이더를 던졌다.

슬라이더는 제대로 들어갔다. 하지만 커브는 타자들의 배트를 끌어내기에 부족함이 있었다.

'커브는 일단 버리고 간다.'

영웅은 과감하게 커브를 포기했다.

꿈의 그라운드에서 잭에게 들었던 조언 때문이다.

"경기를 하다보면 자신의 주 무기가 제대로 제구 되지 않거나 타자들에게 먹히지 않을 때가 있다. 그럴 때는 과감히 포기하고 다른 공으로 승부를 걸어야 한다. 괜히 고집을 부리다가는 그로 인해서 발목이 잡힐 때가 있으니까 말이다."

"강! 슬슬 준비해."
"예."
어느새 클리블랜드의 1회 말 공격이 끝나갔다.
컵스 역시 삼자범퇴로 이닝을 마감했다. 영웅은 글러브를 들고 다시 마운드로 향했다.
[2회 초, 강영웅 선수 마운드에 오릅니다.]
[1회에 보여준 대로만 던지면 오늘 경기 기대해도 좋을 거 같습니다.]
[그렇군요. 강영웅 선수, 공 던집니다.]
[퍼억-!]
[스트라이크!]
[바깥쪽을 날카롭게 찌르는 포심 패스트볼! 95마일의 빠른 공입니다.]
[제구가 정말 좋습니다.]
[강영웅 선수는 연습경기에서 최고 구속 99마일까지 던졌는데요. 하지만 오늘 경기에서는 아직 95마일이 최고 구속입니다.]
[완급 조절을 하고 있을 겁니다. 선발로 경기에 나섰으니 매구 전력투구를 했다가는 금방 지칠 겁니다.]
[2구 떨어지는 공에 타자 배트 돌아갑니다! 빗맞은 타구 유격수 잡아 그대로 1루에 송구! 아웃 카운트 올라갑니다!]

[스플리터로 보이는데요. 좋은 속도에다가 홈 플레이트 부근에서 변화가 일어나면서 타자를 제대로 속였습니다.]

영웅의 호투가 이어졌다.

2회에도 삼자범퇴로 이닝을 막았다.

[여섯 타자를 깔끔하게 돌려세우는 강영웅 선수! 어린 나이에도 불구하고 대단한 피칭을 보여줍니다!]

백미는 3회 초였다.

[현재까지 여섯 타자를 모두 돌려세운 강영웅 선수, 과연 3회에는 어떤 모습을 보여줄지 기대가 됩니다.]

페르나가 사인을 보냈다.

영웅이 고개를 끄덕이고 와인드업을 했다.

'몸 쪽 패스트볼.'

오늘 경기에서 몸 쪽으로 던진 공은 적었다. 허를 찌르는 일격이다.

"흡−!"

쐐애애액−!

뻐엉−!

"스트라이크!"

[초구부터 스트라이크를 꽂아 넣는 강영웅 선수!]

[공격적인 피칭이 매우 인상적입니다.]

딱−!

[2구! 쳤습니다. 하지만 라인을 벗어납니다. 파울입니다.]

[체인지업에 타이밍이 뺏겼습니다. 빠른 공을 대비하고 있었기에 정타를 때릴 수 없었던 거죠.]

퍽—!

[3구, 볼입니다. 하이 패스트볼로 유인했지만 배트는 나오지 않네요.]

영웅이 와인드업을 했다. 그리고 전력으로 공을 뿌렸다.

"하앗—!"

쐐애애액—!

후웅—!

뻐억—!

"스트라이크! 아웃!"

[헛스윙입니다! 헛스윙 삼진! 98마일의 빠른 공에 타자의 배트가 허공을 헛돕니다!]

최고 구속의 공으로 타자를 돌려세웠다. 8번 타자가 타석에 섰다. 영웅은 연달아 패스트볼을 꽂아 넣었다.

뻑—!

"스트라이크!"

후웅—!

"스트라이크! 투!"

퍼엉—!

"스트라이크! 아웃!"

[세 개의 공이 연달아 존을 통과하지만 타자의 배트가 닿지도 못합니다!]

[모두 패스트볼이지만 홈 플레이트 앞에서의 움직임이 매우 좋습니다.]

[무브먼트가 좋다는 말씀이신가요?]

[맞습니다. 같은 그립을 잡더라도 손가락의 길이, 손가락에 들어가는 힘, 그리고 손목의 비틀림 등. 여러 이유로 공은 다른 각도를 띠게 되어 있습니다.]

[페드로 마르티네즈 선수의 체인지업처럼 말씀이시죠?]

[정확합니다. 외계인 마르티네즈의 손가락은 매우 깁니다. 그 긴 손가락으로 패스트볼을 던져도 뱀처럼 휘어서 들어갔죠.]

[강영웅 선수가 그런 타입이다? 이 말씀이신가요?]

[그럴 가능성도 있습니다. 다음에 만날 일이 있으면 손을 보고 싶네요.]

[그렇군요. 강영웅 선수, 9번 타자를 상대로 투 스트라이크를 잡아냅니다.]

[공격적인 피칭에 타자들이 맥을 못 추네요.]

"차앗-!"

쐐애애액-!

공이 매서운 소리를 뿜어내며 날아갔다.

타자가 빠르게 배트를 돌렸다.

후웅-!

하지만 배트가 허공을 갈랐다.

뻐억-!

"스트라이크! 아웃!"

[세 타자 연속 삼진! 3회초 삼진 3개를 잡아내며 깔끔하게 막아내는 강영웅 선수입니다!]

3회 말에는 클리블랜드 타선에서 점수를 냈다.

연속 두 개의 장타가 나오면서 1득점을 올린 것이다.

점수를 등에 업은 영웅이 다시 마운드에 올랐다.

[4회 초, 강영웅 선수가 다시 마운드에 오릅니다.]

[일순이 되었으니 타자들이 공에 눈이 익었을 겁니다. 조심스럽게 공을 던져야 합니다.]

해설 위원의 말대로였다.

영웅의 공이 조금씩 커트를 당하기 시작했다. 또한 안타도 맞았다. 하지만 영웅은 위기에 몰리지 않았다. 적절한 순간에 변화구를 던지고 커맨드를 바꾸며 타자들을 요리했다.

결국 6회까지 무실점으로 막고 내려왔다.

투구 수는 72개.

오커닐 감독이 벤치에 앉는 그에게 다가왔다.

"수고했다. 그만 쉬어."

"예."

오늘 임무는 끝났다.

영웅은 스포츠 음료를 마시며 한숨을 내쉬었다.

"후우……."

성공적인 첫 시범 경기였다.

영웅의 활약은 즉각적인 반응을 이끌어냈다.

해외 야구 기사란의 메인에 영웅의 이름이 올라갔다.

[6이닝 무실점 무사사구 3피안타를 기록한 강영웅!]

[또 다른 메이저리거의 탄생인가?!]

[최고 구속 98마일의 불같은 강속구를 뿌린 강영웅. 컵스의 타선을 잠재우다!]

기사에 달린 댓글들도 반응이 좋았다.

최근 메이저리그에 진출한 한국인 투수들의 성적이 썩 좋지 않았다. 그렇기에 영웅에 대한 기대감은 더욱 커졌다.

그런 기대에 부응하듯 영웅은 두 번째 등판에서도 무실점 피칭을 이어갔다.

[86개의 공을 던진 강영웅 선수, 6과 1/3이닝을 막아내고 마운드를 내려갑니다.]

[오늘 경기에서 위기관리 능력도 보여준 강영웅 선수, 점점 메이저리그 개막 로스터 진입에 청신호를 키고 있습니다!]

한국만이 아니라 현지 언론 역시 영웅에 대한 칭찬을 쏟아냈다.

특히 클리블랜드의 불안한 선발진의 한 축을 맡아줄 것임을 기대하는 기사가 많았다. 상황이 그렇게 되다 보니 레이널드 단장도 점점 압박을 받았다.

'설마 이렇게까지 잘할 줄이야.'

메이저리그 타선을 상대로도 이 정도까지 할 줄은 몰랐다.

'수지타산을 잘해야겠어.'

당장 영웅을 올리면 선발진의 한 자리가 든든해진다.

하지만 한 달의 차이로 FA가 1년 빨라진다.

구단의 입장에선 무조건 손해다.

'문제는 4월까지 팀이 잘해나갈 수 있느냐인데……'

양자택일을 해야 되는 상황.

그 결정의 순간이 점점 다가오고 있었다.

시범 경기 종료를 앞둔 어느 날.

레이널드 단장에서 손님이 찾아왔다.

최성재였다.

"미스터 최, 오랜만입니다."

"시간을 내주셔서 감사합니다."

"미스터 최라면 언제든지 환영입니다."

레이널드의 호의적인 반응에 최성재가 미소를 지었다.

"오늘 뵙자고 한 이유는 강영웅 선수 때문입니다."

"예상은 했습니다."

"많이 고민을 하고 계실 거 같아 조금 도움이 되실 만한 이야기를 꺼낼 생각입니다."

"들어보도록 하죠."

"강영웅 선수를 개막전 로스터에 넣어야 됩니다. 이유는 바로 군복무 문제 때문이죠."

"음."

"아시겠지만 한국은 의무적으로 군복무를 해야 합니다. 강영웅 선수 역시 군복무의 의무가 있죠."

"예, 알고 있습니다. 한데 그것과 개막전 로스터와 무슨 관계가 있죠?"

"올해 7월 올림픽이 열립니다."

"아……."

2020년 도쿄 올림픽.

베이징 올림픽 이후 처음으로 야구가 정식 종목에 채택된 올림픽이다.

"이번 올림픽에서 동메달을 따게 되면 병역 면제라는 혜택을 얻게 됩니다. 문제는 강영웅 선수가 그곳에 뽑혀야 된다는 건데, 그러기 위해서는 메이저리그에서의 실적이 필요합니다."

"그런 문제라면 6월 로스터에 포함시켜도 될 텐데요."

"시기상 문제입니다. 과연 KBO에서 6월 로스터에 포함된 선수, 그것도 메이저리그에 갓 데뷔한 선수를 7월 대표팀에 합류시킬까요?"

"음……."

"아실지 모르겠지만 최근 한국에서는 야구에 대한 병역 혜택을 축소해야 된다는 의견이 나오고 있습니다."

거기까진 몰랐다.

"또한 야구는 혜택을 받을 수 있는 방법이 적기 때문에 이번 올림픽이 적기입니다."

마음이 흔들렸다.

양자택일을 해야 되는 시점에서 한쪽으로 무게가 쏠리기 시작한 것이다.

"좋은 정보 감사합니다."

레이널드의 표정을 본 최성재가 미소를 지었다.

그리고 며칠 뒤.

클리블랜드 인디언스 구단은 25인 로스터를 발표했다.

그곳에는 영웅의 이름이 포함되어 있었다.

메이저리그 개막전. 183일의 대장정이 시작된 것이다.

각 팀은 에이스들을 등판시켜 좋은 스타트를 끊기 위해 노력했다.

하지만 승자와 패자가 갈리는 승부의 세계다.

절반 이상의 패자가 나오는 건 당연했다.

딱-!

경쾌한 타격 소리와 함께 공이 높게 떠올랐다.

관중들이 자리에서 벌떡 일어나 타구를 좇았다.

[아아! 큽니다. 이건 넘어갑니다! 좌중간 펜스를 그대로 넘겨 버립니다! 보스턴 레드삭스, 경기에 쐐기를 박는 득점을 올립니다!]

무려 3개의 홈런을 쏘아낸 레드삭스의 완승이었다.

클리블랜드는 1선발이자 19시즌 에이스였던 맥코이를 올리고도 패배했다.

맥코이는 6이닝 동안 1실점을 하며 괜찮은 피칭을 선보였다.

하지만 타선이 막혔다.

불펜에서도 추가실점이 나왔다.

그게 끝이 아니었다.

2차전은 완패했다.

2선발인 아담 윌슨이 2이닝 5실점으로 무너졌다.

연달은 패배에 영웅의 어깨가 무거워졌다.

[1, 2차전을 패배한 클리블랜드, 시즌 첫 스윕만은 면하고
싶은 심정일 텐데요.]

[강영웅 선수의 어깨가 무거운 이유입니다.]

3차전.

영웅의 공식 등판이었다.

벤치에 앉아 휴식을 취하던 영웅에게 페르나가 다가왔다.

"헤이, 강. 슬슬 준비해야지."

"응."

눈을 뜨며 대답한 영웅이 글러브를 집었다.

"응? 평소에 쓰던 글러브가 아니잖아?"

"이번에 새로 맞췄어."

"괜찮겠어? 손에 익지 않은 글러브는 위험할 수 있는데."

"괜찮아."

본인이 괜찮다니 페르나도 더 할 말이 없었다.

먼저 나서는 그를 보며 영웅이 글러브를 힐끔 바라봤다.

잭의 글러브와 같은 놈으로 만들고 싶었다.

하지만 세월이 흐르면서 글러브에도 여러 규정이 생겼다.

'모양은 많이 달라졌지만.'

그와 함께 하는 건 여전했다.

'가자.'

글러브를 들고 마운드로 향했다.

"와아-!"

관중석에서 함성 소리가 터져 나왔다.

이곳은 클리블랜드의 홈구장인 프로그레시브 필드였다.

유망주이자 기대주인 영웅에게 팬들이 함성을 보내는 건 당연한 일이었다.

'어? 태극기.'

한쪽에서는 태극기가 펄럭였다.

한두 개가 아니었다.

꽤 여러 개의 태극기가 보였다.

'한국분도 많이 찾아왔나 보네.'

경기 전, 연습 때는 보이지 않았던 것들이다.

'아니면 너무 긴장을 해서일 수도 있지.'

"후우-!"

영웅은 크게 숨을 몰아쉬었다.

'이제 첫발을 내딛는 거다.'

마운드의 흙을 밟았다.

'첫발을 잘 내디뎌야 한다.'

손에 로진을 묻히며 몸을 돌려 페르나를 바라봤다.

'시작하자.'

영웅이 연습 투구를 시작했다.

[인디언스 대 레드삭스, 레드삭스 대 인디언스의 3차전을 보내드리겠습니다. 보스턴 레드삭스가 스윕을 노리는 상황에서 만 19세의 강영웅 선수가 인디언스 마운드를 지킵니다.]

영웅의 모습이 화면에 비쳤다.

휴게실에서 스마트폰을 보던 수정이 미소를 지었다.

'자식······.'

한혜선 역시 식당에서 TV를 주시하고 있었다.

"어머어머, 정말 영웅이네! 영웅엄마 정말 좋겠어!"

동료가 호들갑을 떨었다.

그 호들갑이 오늘따라 듣기 좋았다.

'아들, 잘해!'

영웅을 아는 사람들이 TV 앞에 앉았다.

그리고 응원을 보냈다.

그들 모두 한마음으로 영웅이 잘되길 바랐다.

[강영웅 선수, 초구 던집니다.]

영웅이 와인드업을 했다. 그리고 있는 힘껏 공을 뿌렸다.

좌앗-!

손끝에서 느껴지는 감각이 좋았다.

쐐애애액-!

공이 맹렬한 속도로 회전하며 날아갔다. 스트라이크존 바깥쪽을 날카롭게 찔렀다.

뻐엉-!

"스트라이크!"

[초구부터 96마일의 빠른 공이 스트라이크존을 통과합니다!]

[초구부터 영점이 잘 잡힌 느낌입니다. 아주 좋아요.]

연속해서 2구를 뿌렸다.

쐐애애액-!

빠르게 날아오는 공에 타자의 배트가 일찌감치 나왔다.

그 순간 공이 수직으로 꺾였다.

타자가 급하게 배트의 궤적을 바꿨다.

하지만 공이 더 빠르게 통과했다.

퍽-!

"스트라이크! 투!"

[브레이킹볼에 타자의 배트가 허무하게 돌아갑니다.]

[종 슬라이더 혹은 파워 커브로 보입니다. 구속으로 봤을 때 종 슬라이더에 가깝군요.]

4구와 5구 모두 유인구를 뿌렸다.

체인지업과 슬라이더였지만 타자가 모두 참아냈다.

[투 앤 투! 이제 승부를 걸어야 할 때입니다.]

모든 사람이 알고 있었다.

페르나가 사인을 보냈다.

'포심 패스트볼.'

고개를 끄덕였다.

페르나의 미트가 바깥쪽과 안쪽을 번갈아 가며 가리켰다.

어디든지 원하는 곳에 던지란 뜻이다.

그리고 또 하나의 뜻이 담겨 있다.

최고의 공을 던져라.

승부처다.

당연히 최고의 공을 던질 생각이었다.

꾹-!

글러브 속의 공을 있는 힘껏 잡았다.

전완근이 꿈틀거렸다.

좌앗-!

다리를 차올리며 상체를 비틀었다.

전신의 힘을 모아 발을 내디뎠다.

"흡-!"

숨을 들이키며 있는 모든 힘을 손끝으로 전달했다.

'지금!'

자신의 릴리스 포인트에서 있는 힘껏 손목을 챘다.

좌아앗-!

손끝을 떠난 공이 맹렬한 회전을 하며 날아갔다.

쐐애애액-!

'걸렸어!'

타자도 시동을 걸었다.

그 역시 패스트볼을 노리고 있었다.

거기다가 자신이 좋아하는 가운데 조금 높은 코스로 공이 들어왔다.

후웅-!

배트가 매섭게 돌았다.

궤적 역시 정확했다.

한데 날아오는 공이 떨어지지 않았다.

'어?'

뭔가 이상함을 느꼈다.

하지만 이미 돌린 배트를 멈출 순 없었다.

후웅-!

배트가 허공을 갈랐다.

뻐엉-!

직후 공이 미트에 꽂혔다.

타자가 놀란 눈으로 고개를 돌려 미트의 위치를 확인했다.

'뭐 저렇게 높아?'

자신의 예상보다 훨씬 높은 곳에서 공이 포구가 됐다.

"아웃!"

구심이 가볍게 주먹을 쥐었다.

삼진이었다.

[98마일의 빠른 공을 꽂아 넣는 강영웅 선수! 선두 타자를 삼진으로 잡아냅니다!]

[이야, 이번 공은 정말 멋졌습니다. 공이 라이징성으로 들어갔는데 그러다 보니 타자의 배트가 헛돌았어요.]

[쾌조의 스타트로 시작하는 강영웅 선수! 오늘 경기가 기대가 됩니다!]

7이닝 8탈삼진 3피안타 무사사구 무실점.

영웅의 첫 경기 성적이었다.

이날 따라 클리블랜드 타선도 힘을 내서 6회 이전에 3점을 올렸다.

덕분에 영웅이 승리투수가 됐다.

인디언스로서는 시즌 첫 스윕패를 당한 팀이라는 불명예

를 벗을 수 있었다.

경기 직후 인디언스는 공항으로 이동했다. 다음 경기가 시카고에서 열리기 때문이다.

하지만 영웅은 곧장 숙소로 향했다.

원정 동안 영웅은 등판할 일이 없었다. 그렇기 때문에 클리블랜드에 남아 충분한 휴식을 취할 예정이었다.

그때 전화가 울렸다.

[엄마]

익숙한 번호와 함께 이름이 찍혀 있었다.

바로 받았다.

"엄마."

ㅡ우리 아들, 오늘 경기 잘 봤다.

"봤어요?"

ㅡ응, 일하면서 중간중간 봤어. 야구는 잘 모르지만 우리 아들이 잘했다는 건 알겠더라. 정말 잘했어.

칭찬을 받는 건 언제나 기분이 좋다.

특히 엄마가 기뻐하면서 칭찬을 해주니 그 어느 때보다 기뻤다.

"참, 엄마. 이제 아파트 사도 돼요."

ㅡ엄마가 말했잖니. 아파트는 우리 아들이 미국에서 자리를 잡은 뒤에 사겠다고.

작년. 영웅은 계약금이 들어왔을 때 집을 사자고 제안했다. 하지만 엄마가 거절했다.

미국은 선수에 대한 세금이 높은 편이다.

세금과 에이전트 수수료를 제외한 금액은 전체의 40퍼센트에 불과했다. 몇억의 돈이 남았지만 영웅의 미래는 결정되지 않았었다.

마이너리그 생활을 얼마나 해야 될지 모르기에 엄마는 그 돈을 저금하자고 제안했다.

그 뜻이 워낙 강경했기에 영웅도 따라야 했다.

덕분에 남은 계약금의 대부분이 통장에서 잠자고 있었다.

"엄마, 저 이제 메이저리그에 등록되서 계약을 새로 맺었어요."

ㅡ응? 계약을 새로 맺어?

"네, 이전 계약은 마이너리그 계약이었지만 메이저리그 무대에 오르기 위해서는 계약을 새로 맺어야 되거든요. 그래서 연봉이 50만 달러가 됐어요."

정확히는 53만 달러다.

ㅡ50만 달러?

잠깐 말이 없었다.

아마 계산하는 듯 싶었다.

곧 계산이 끝났는지 떨리는 목소리가 들려왔다.

ㅡ오…… 오억이라고?

"예, 물론 세금 제외하고 하면 절반 정도로 떨어질 테지만. 그래도 엄마 아파트랑 생활비 정도는 드릴 수 있어요."

ㅡ하…… 하지만…….

다시 거절하려는 엄마의 말을 끊었다.

"엄마가 계속 식당에서 일하고 누나가 힘들게 공장에서 일하면 제가 마음이 불편해요. 그러니 이번에는 제 부탁을 들어주세요."

영웅의 말에 한동안 말이 없었다.

―알았어. 그럼 누나랑 의논 좀 해볼게. 알았지?

"네, 그럼 대답 기다리고 있을게요."

―응.

그 뒤로도 이런저런 대화를 나누다 전화를 끊었다.

영웅은 끊긴 전화를 보다 어플을 이용해 은행에 접속했다.

계좌 조회를 하자 첫 달치 월급이 찍혀 있는 게 보였다.

메이저리그는 연봉을 한 번에 지급하지 않고 6개월에 나눠서 지급을 한다. 지급 날짜도 월 2번으로 15일과 말일에 지급이 된다. 영웅의 통장에 들어온 돈은 세금을 제하고 이만 달러가 조금 넘었다.

'첫 번째 소원을 이루는 거네.'

처음 야구를 할 때 다짐했던 소원.

그것을 이루게 됐다.

야구로 말이다.

프로그레시브 필드.

영웅의 두 번째 등판이 이뤄졌다.

4회 초까지 완벽 투구를 이어갔다.

13명의 타자를 상대로 사사구 1개를 기록했을 뿐 노히트 피칭을 펼친 것이다.

[오늘도 완벽투를 이어가는 강영웅 선수입니다.]

[대단하네요. 두 경기 연속 이렇게 잘해줄지는 꿈에도 몰랐습니다.]

[5회 초, 다시 마운드에 오릅니다.]

영웅이 마운드에 올라섰다.

투구 수는 71개.

평소보다 많이 던지긴 했지만 여유가 있었다.

"후우……."

오늘 경기에서 득점 지원도 괜찮았다.

2회와 4회, 각각 득점이 나면서 스코어는 3 대 0으로 앞서고 있었다.

자신만 잘 던지면 2승이 가능했다.

하지만 생각대로 되진 않았다.

딱–!

[중견수 앞에 떨어지는 안타입니다.]

딱–!

[삼유간을 통과하는 안타! 연속 안타를 맞으면서 주자 1, 2루가 됩니다.]

[중심 타선이 무섭긴 무섭네요. 타자 일순이 된 후 바로 강영웅 선수의 변화구를 공략하고 있습니다.]

영웅이 연속 안타를 맞는 건 데뷔 이후 처음이었다.

페르나가 자리에서 일어났다.

그리고 마운드로 올라오려고 했다.

안정을 시켜야겠다는 생각에서였다.

하지만 영웅이 손을 들었다.

'괜찮아.'

[페르나 포수가 마운드에 올라가려 했지만 강영웅 선수가 만류를 하네요.]

[아마도 괜찮다고 판단을 내린 거 같습니다.]

영웅은 신발에 묻은 흙을 털어냈다. 그리고 손끝에 로진을 묻혔다.

'안타는 언제든지 맞을 수 있다.'

잭의 조언이 떠올랐다.

"투수에게 안타, 홈런, 볼넷, 사구는 언제든지 나올 수 있는 기록이다. 그 어떤 위대한 투수도 그걸 막을 수 없다. 중요한 건 이후의 일이다. 위기에 대처를 잘하는 게 바로 좋은 투수가 해야 될 일이다."

영웅이 주자들을 확인했다.

4번과 5번 타자들이었다.

5번은 발이 평균보다 조금 빠른 정도였다.

하지만 4번은 아니다.

'히트 앤드 런이 나올 가능성이 있다.'

메이저리그 특성상 번트가 나올 가능성은 적었다.

타자 역시 그럴 기미가 보이지 않았다.

"후우……!"

다시 한번 숨을 크게 내쉬었다. 상체를 숙이고 페르나의 사인을 확인했다.

'침착하군.'

오커닐 감독이 눈에 이채를 띠었다.

대다수의 유망주는 위기 상황에 당황한 모습을 보인다. 하지만 영웅은 침착했다.

'좋은 투수는 위기에 더욱 강해진다.'

과연 어떤 모습을 보여줄지 기대가 됐다.

영웅이 세트포지션에서 공을 뿌렸다.

상체를 비트는 폼이 없었지만 구속의 저하는 크지 않았다.

뻐엉-!

[95마일의 빠른 공이 미트에 꽂힙니다. 하지만 아쉽게도 볼이 되네요.]

2구 역시 볼이 됐다.

볼 카운트가 몰렸다.

'패스트볼, 바깥쪽 낮은 코스.'

페르나의 사인을 받은 영웅이 고개를 끄덕였다.

볼 카운트가 몰렸지만 떨리진 않았다.

스트라이크를 꽂을 수 있다는 자신감이 있기 때문이다.

좌앗-!

세트포지션에서 빠르게 공을 뿌렸다.

그의 손을 떠난 공이 맹렬한 회전을 하며 날아갔다.

뻐억-!

"스트라이크!"

[드디어 스트라이크에 불이 올라갑니다!]

4구는 파울, 5구는 유인구를 타자가 참아냈다.

[풀카운트 승부가 됩니다!]

영웅이 다시 손에 로진을 묻히며 생각을 정리했다.

'타자의 배트가 돌 때마다 주자들은 분명 달릴 생각이었다.'

위기 상황인데도 영웅은 주변을 확실하게 보고 있었다.

'히트 앤드 런 작전은 나왔다.'

타자가 작전을 수행하지 못한 것이다.

'풀카운트에서도 작전은 나올 수 있다.'

작전이 나오면 발이 느린 2루 주자도 들어올 것이다. 상황에 따라 3루 주자도 홈까지 올 수 있다.

'게다가 타자는 작전에 실패해서 분명 치고 싶을 거고.'

영웅이 피처 플레이트를 밟았다.

페르나가 사인을 냈다.

'가운데 스플리터.'

자신이 원하던 사인이다.

영웅이 고개를 끄덕이고 세트포지션에 들어갔다.

주자들의 리드는 길지 않았다.

하지만 몸의 중심이 이미 다음 베이스로 향해 있었다. 글러브 안의 공을 손가락을 벌려 잡았다. 눈으로 1루 주자를 한 번 더 견제한 뒤 다리를 뻗었다.

타닥-!

홈 플레이트로 향하는 순간, 2루 주자와 3루 주자가 스타트를 걸었다.

"흡-!"

영웅이 있는 힘껏 공을 뿌렸다.

쐐애애액-!

빠르게 날아가는 공에 타자의 배트가 매섭게 돌아갔다.

그 순간 공이 밑으로 뚝 떨어졌다.

딱-!

배트의 밑에 공이 맞았다.

힘없이 내야를 구른 공이 마운드 옆을 지나갔다.

어느새 달려온 유격수가 공을 맨손으로 잡아 2루로 던졌다.

퍽-!

"아웃!"

[원 아웃! 그리고 공은 1루로!]

퍽-!

뒤이어 주자가 베이스를 지나갔다.

아슬아슬한 타이밍.

사람들의 시선이 1루심에게 향했다.

"아웃!"

[투 아웃! 위기 상황에서 더블플레이를 만들어내는 강영웅 선수!]

영웅이 주먹을 불끈 쥐었다.

[주자 3루가 되었지만 두 개의 아웃 카운트를 잡아냅니다.]

영웅은 이후 타자를 삼진으로 처리.

위기상황을 완벽하게 넘어갔다.

첫 위기를 이겨낸 영웅은 7회까지 103개의 공을 던지며 자신의 임무를 끝냈다.

그리고 불펜에서 오랜만에 힘을 내 영웅의 2승을 지켜냈다.

4월이 지났다.

영웅은 총 4번의 등판을 했고 3번의 승리를 챙겼다.

한 번은 불펜의 방화로 승리가 날아갔다.

그렇다 하더라도 팀 내 다승 1위를 달리고 있었다.

한국인 메이저리거들 중 가장 좋은 성적이었다.

국내에서 그를 집중조명 하는 건 당연한 일이었다.

[클리블랜드 인디언스의 강영웅 선수가 메이저리그에서 굉장한 활약을 이어 나가고 있지 않습니까?]

[그렇습니다. 4월, 4번의 등판을 하면서 27이닝 2실점 평균 자책점 0.67을 기록 중이며 WHIP는 0.51을 기록하고 있습니다. 9이닝당 탈삼진 개수 역시 7.3으로 매우 높은 수치를 유지하는 중입니다.]

[강영웅 선수가 돋보인 점은 바로 이닝 이터로서의 모습을 보여주고 있다는 겁니다.]

[말씀해 주신 대로 강영웅 선수는 현재 팀 내 최다 이닝 2위에 올라 있죠.]

[확실한 건 앞으로 더 기대가 되는 선수입니다.]

처음에는 스포츠 TV에서만 그에 관한 기사를 접할 수 있었다.

하지만 승리를 차근차근 쌓아가자 곧 공중파 TV에서도 그의 이름이 언급됐다.

덕분에 한혜선은 요즘 일할 맛이 났다.

"이모님 아들이 강영웅이라면서요?"

"정말? 대단한 아들 두셨네."

"요즘 아드님 덕분에 야구 볼 맛이 납니다."

"다음에 사인 한 장 받아주세요."

단골들이 어떻게 알았는지 그런 부탁도 했다.

자식 칭찬은 누구에게 듣던 기분이 좋은 일이었다.

간혹 이런 질문을 하는 사람들도 있었다.

"아들이 메이저리그에서 저렇게 활약하는데 아직도 식당
일 하세요?"

"가만히 있으면 몸이 좀 쑤셔서요."

이해할 수 없단 반응도 있었지만 신경 쓰지 않았다.

사실 영웅도 일을 그만두라고 했었다.

하지만 한혜선이 우겼다. 아직은 아들에게 모든 짐을 지우
고 싶지 않았다.

5월의 첫 등판은 홈경기로 결정됐다.

이전 두 번의 등판은 모두 원정이었다.

시간으로 보면 근 3주 만의 홈 등판이다.

홈경기는 특별했다.

팬들의 일방적인 응원이 쏟아지기 때문이다.

영웅이 경기장에 모습을 드러냈다.

"어? 강이다!"

"강!"

"사인해 줘요!"

그를 알아본 클리블랜드 팬들이 몰려들었다.

무질서한 거 같으면서도 질서가 유지됐다.

영웅은 팬들 중 어린아이들의 공이나 종이를 들어 먼저 사인을 해주었다.

사이 영의 조언 때문이었다.

"네가 선수가 되어 돈을 벌 수 있게 된 건 팬들의 응원이 있기 때문이다. 간혹 팬들의 요청을 귀찮다고 루틴이라는 핑계로 거절하는 이들이 있지만 그건 매우 잘못된 행동이다. 특히 어린아이들의 요청은 어떤 경우에도 받아주어야 한다. 그들이 커서 또다시 야구계를 이끌어갈 테니까 말이야."

영의 말이 아니더라도 자신을 응원해 주는 팬들을 외면할 생각은 없었다.

몰려드는 팬들에게 사인을 해준 영웅은 늦지 않게 그라운드에 들어섰다.

동료들이 하나둘 몸을 풀고 있었다. 영웅도 그들의 사이에 끼어 스트레칭을 시작했다.

3장
메이저리거 강영웅

"강! 강! 강!"

영웅이 마운드에 올랐다.

관중들의 응원이 쏟아졌다.

홈경기의 특별함이었다.

로진을 손끝에 묻힌 영웅이 피처 플레이트를 밟았다.

페르나의 손가락이 빠르게 움직였다.

'패스트볼, 바깥쪽.'

고개를 끄덕였다. 다리를 차올리며 상체를 비틀었다. 특유의 투구 폼에 이어 있는 힘껏 공을 뿌렸다.

촤앗-!

손끝이 실밥을 챘다. 맹렬한 속도로 회전하는 공이 바깥쪽 코스를 날카롭게 찔러갔다.

퍽-!

"스트라이크!"

구심의 손이 올라갔다.

[강영웅 선수의 장점은 초구 스트라이크 비율이 높다는 겁니다. 타자들도 그걸 알고 있지만 워낙 좋은 코스로 들어오다 보니 배트를 내기 힘듭니다.]

퍽-!

"볼!"

[현재 강영웅 선수는 신인왕 레이스에서 단연 앞선다고 할 수 있지 않습니까?]

[아직 이른 판단일 수 있지만 현 시점에서 봤을 때 선두그룹에 있다고 할 수 있습니다.]

신인왕.

내셔널리그와 아메리칸리그에서 가장 뛰어난 성적을 올린 신인에게 주는 상이다.

메이저리그에서 이 상을 받을 수 있는 기회는 한 번이다.

[현재까지 한국인 선수가 메이저리그에서 신인왕을 수상한 적은 없지 않습니까?]

[그렇습니다. 아쉽게도 없지요. 만약 강영웅 선수가 이런 성적을 후반기까지 이어간다면 가능성은 매우 높아집니다.]

뻐엉-!

"스트라이크! 아웃!"

[투 앤 투에서 던진 패스트볼이 그대로 스트라이크존을 통과합니다! 첫 아웃 카운트를 삼진으로 잡아내는 강영웅 선수! 멋집니다!]

[클리블랜드 인디언스의 강영웅 선수가 필라델피아 필리스를 상대로 7이닝 1실점 쾌투를 펼치며 시즌 4승을 올렸습니다.]

영웅의 기사가 해외 야구란의 1면을 차지했다.

사람들의 관심이 가장 높다는 뜻이었다.

댓글이나 조회수 모든 게 월등했다.

성적 때문이다.

현재 메이저리그에서 뛰는 한국인은 영웅까지 포함해서 5명이다.

작년에는 7명이었지만 부상으로 2명이 빠졌다.

그 다섯 명 중 영웅의 성적이 가장 좋았다.

방송국도 움직이기 시작했다.

"클리블랜드의 시청률이 가장 높습니다."

"하이라이트 역시 클리블랜드의 클릭 수가 가장 높아요."

영웅 덕분이었다.

4월 초만 하더라도 클리블랜드 경기는 인터넷으로만 볼 수 있었다. 하지만 5월이 되면서 달라졌다. 공중파에서도 그의 경기를 볼 수 있게 된 것이다.

"클리블랜드의 경기를 우선적으로 배정하고 그곳으로 리포터도 파견해."

"알겠습니다."

한국에서 영웅의 위상이 달라지기 시작했다.

KBO는 올림픽 대표팀의 스태프 구성을 끝냈다.

감독으로는 2017년 WBC에서 한국을 준우승으로 이끈 김인수 위원장이 다시 한번 맡게 됐다.

스태프의 면면 모두 화려했다.

한때는 선수로서, 그리고 지도자로서 한국 야구계에 한 획을 그은 인물이 대부분이었다. 하지만 야구계의 큰어른인 김인수 감독의 앞에서는 모두 입을 다물고 있어야 했다.

"강영웅이가 요즘 잘하더구만."

"예, 최근 어린 우완 투수들 중에는 최고의 실력입니다."

"어떻게 데려올 수 있겠나?"

"가능할 거 같습니다. 병역 문제도 있고 하니 구단 측에서도 협조적으로 나올 가능성이 큽니다."

"메이저리그 사무국은?"

"그게 아직까지 결정이 나지 않은 듯합니다."

"쯧, 올림픽이 코앞인데 아직까지도 결정을 내리지 못하고……."

영웅이 국가대표가 되기 위해선 한 가지 난관이 있었다.

바로 25인 로스터에 든 선수는 대표팀 차출이 불가능하다는 조항이다. 하지만 이번에는 예외를 둘 가능성이 크다.

2008년 베이징 올림픽 이후 무려 12년 만에 야구가 올림픽 공식 종목이 되는 의미 있는 대회이기 때문이다. 야구의 세계화를 꿈꾸는 메이저리그 사무국으로서는 세계인의 관심이 모인 이 대회를 놓치기 아쉬운 입장이었다.

"사무국 측에 다시 한번 문의를 넣고 클리블랜드 측에도 다시 한번 연락을 해보도록 해."

"알겠습니다."

"우완이 부족한 우리 대표팀으로서는 반드시 강영웅이가 필요해."

"예."

한국에 좌완 투수는 많았다.

한때 좌투우타가 유행이었기 때문이다.

어릴 때부터 좌투로 고정을 시켜 버리니 자연스레 우완이 줄어들었다. 그런데 하늘에서 뚝 하니 영웅이 나타났다.

그것도 메이저리그에서 뛰어난 성적을 내면서 말이다.

당연히 탐이 났다.

'반드시 넣어야 돼.'

김인수는 다시 한번 다짐했다.

영웅은 오랜만에 최성재와 만났다.

클리블랜드 다운타운의 근사한 식당에서 밥을 먹고 디저트로 입가심을 했다.

"그럼 내년에는 가족분 모두를 미국으로 부를 생각입니까?"

"올해 성적에 따라 다르겠지만 메이저리그에 정착할 수 있겠다는 자신감이 생기면 그럴 생각입니다."

"좋은 생각입니다. 가족과 함께 있다면 아무래도 정신적으로 안정이 되니까요."

최성재가 커피를 한 모금 마시고 본론으로 넘어갔다.

"오늘 뵙자고 한 이유는 다름이 아니라 자금 운용에 대해서 의논을 하기 위함입니다."

"자금 운용이요?"

"예, 저희 회사에서는 계약한 선수들에 한하여 자금 관리를 맡아 대신해 주고 있습니다."

메이저리그는 물론 다른 스포츠 역시 선수들이 직접 자금 관리를 하는 경우는 적었다.

특히 메이저리그는 1년의 대부분을 훈련과 경기로 보내야 한다. 그런 상황에서 자금 관리를 하는 건 거의 불가능했다.

그래서 매니지먼트에서 자금 관리를 대신 해주고 일정액의 수수료를 받았다.

"물론 투자 같은 자금을 써야 될 일이 생기면 강영웅 선수의 동의가 있어야 됩니다."

최성재가 설명을 이어갔다. 자금 관리를 맡기게 되면 생기는 장점과 단점을 모두 설명했다. 투자의 위험성 역시 말이다.

"긍정적으로 검토해 보겠습니다."

"예, 궁금하신 점이 있으면 언제든지 연락주시고요."

당장 결정을 내릴 일은 아니었다.

영웅은 원정길에 나섰다.

'비행기 타는 건 오랜만이네.'

원정 경기는 이번으로써 두 번째다.

4월에 한 번이 있었는데 당시에는 어리둥절한 부분이 많았다.

처음에는 가방도 자신이 매려고 했다.

구단 직원에게 바로 제지를 당했다.

메이저리그에서는 선수가 짐을 챙기지 않는다.

모든 짐은 구단 직원에 의해 비행기와 호텔로 옮겨진다.

이번에도 영웅은 아무런 짐을 챙기지 않았다. 비행기에 오르자 모든 좌석이 일등석으로 되어 있는 풍경이 펼쳐졌다. 전세기지만 항공사 측과 장기 계약을 맺은 덕분에 모든 좌석을 개조할 수 있었다.

편하게 자리에 앉자 곧 구단 직원이 다가왔다.

"이번 원정에 따른 밀머니야."

"고마워요."

봉투를 받아 든 영웅이 미소를 지었다.

밀머니는 일종의 식대다. 말이 식대지 사실 쓸 일은 거의 없었다. 하지만 이 돈이 적은 것도 아니었다. 하루에 95달러로 한화로 따지면 10만 원이 넘었다.

곧 비행기가 이륙했다.

일정 고도에 오르자 안전벨트 표시에 불이 꺼졌다.

"강! 포커 게임 할래?"

"난 괜찮아. 하지도 못하고."

"포커를 못 해?"

"한국에서는 포커에 대한 인식이 썩 좋지 않아서 말이야."

"그래?"

페르나가 이상하다는 표정을 짓더니 이내 고개를 끄덕였다.

"심심하면 와서 구경이나 해."

"알았어."

선수들이 삼삼오오 모였다. 그리고 곧 포커판이 열렸다.

게임머니는 방금 전 받았던 밀머니였다.

메이저리그 선수들에게 몇백 달러는 푼돈에 불과했다.

이동 시간에 모두 날리는 선수도 많았다.

그 모습이 아직까지는 어색한 영웅이었다.

'영화나 보자.'

영웅은 헤드셋을 착용하고 영화를 틀었다.

과거에는 이동하는 비행기 안에서 파티를 하는 경우도 있다고 들었다. 하지만 최근에는 트렌드가 바뀌었다.

각자가 알아서 휴식을 취하는 게 요즘의 선수들이었다.

영화의 초반이 막 지나갈 무렵.

승무원이 다가왔다.

"식사를 준비해 드릴까요?"

50대로 보이는 아주머니가 메뉴판을 내밀었다.

메이저리그의 독특한 점이었다.

비행기에 타고 있는 스튜어디스가 모두 할머니나 아주머니라는 점이었다. 혹시나 있을 불미스러운 점을 막기 위함이었다.

영웅은 메뉴판에서 메뉴를 골랐다.

잠시 후, 식사가 준비됐다.

일등석의 식사는 과히 최고라고 할 수 있었다.

'메이저리그는 최고라니까.'

영웅은 만족스러운 식사를 끝내고 편하게 누워 영화 감상을 이어갔다.

○

원정 상대인 휴스턴과의 3연전 첫 경기에서 마운드에 오른 건 2선발 아담 윌슨이었다.

올 시즌 성적은 5전 2승 2패, 평균 자책점 5.62였다.

성적만 놓고 보면 영웅보다 떨어졌다. 하지만 로테이션을 함부로 변경할 수 없기에 여전히 2선발의 자리를 맡고 있었다.

딱-!

[아, 이거 큽니다. 타구가 좌중간을 가릅니다! 장타 코스!]

좌아아악-!

"세이프!"

[2루에서 세이프! 주자를 모두 쓸어 담는 2타점 2루타가 나옵니다!]

[윌슨 선수 힘들어 보이네요. 4회에 벌써 5실점째입니다.]

[공이 전체적으로 높게 제구가 되고 있는데요.]

[거기다가 주 구종인 슬라이더의 각이 밋밋하게 들어가고 있어요. 구속 역시 평균보다 낮게 나오고요.]

[여기서 오커닐 감독이 더그아웃을 나옵니다.]

오커닐 감독이 윌슨의 어깨를 툭 치며 공을 건네받았다.

"고생했어."

"……."

윌슨은 아무 말 없이 마운드를 내려갔다.

더그아웃을 들어오는 그에게 동료들의 위로가 쏟아졌다.

영웅도 그중 하나였다.

다시 벤치에 앉은 영웅은 경기의 흐름을 살폈다.

'오늘은 어렵겠는데.'

선발 투수가 4회를 채우지 못했다.

그렇지 않아도 불펜이 약한 클리블랜드다.

경기를 다시 뒤집긴 쉬워 보이지 않았다.

예상은 어느 정도 맞았다.

휴스턴의 타격은 물이 올랐다. 약한 불펜을 제대로 공략해 홈런에 연속 안타를 터뜨렸다.

점수는 더더욱 벌어졌다.

'불펜은 아꼈으니까.'

오커닐 감독은 따라가기보다는 경기를 포기했다.

긴 시즌 동안 포기해야 될 경기는 반드시 나온다. 그 타이밍을 잡아야 되는 것 역시 감독이 해야 될 일이었다.

뻑—!

"스트라이크! 아웃!"

[경기 끝납니다. 휴스턴이 9 대 2의 스코어로 시리즈 첫 경기를 가져갑니다.]

[내일 오를 강영웅 선수가 어깨가 무겁겠습니다.]

[그럼 저희는 내일 강영웅 선수의 선발 경기와 함께 돌아오겠습니다.]

영웅도 짐을 챙겨 경기장을 떠났다.

다음 날, 영웅은 11시가 넘어서 방을 나왔다.

야구 선수들의 하루는 늦게 시작된다.

저녁부터 본격적인 일이 시작되기 때문이다.

그나마 영웅이 조금 일찍 시작하는 편이었다.

영웅은 바로 식당으로 향했다.

철도 씹어 먹을 20대 초반이다.

하루의 시작이 식사라고 해서 이상할 건 없었다.

식당에 들어서자 몇몇 클리블랜드 선수가 보였다.

그 숫자는 많지 않았다.

대부분 잠을 자고 있을 테니 말이다.

"어?"

그런데 예상외의 인물이 보였다.

턱수염을 덥수룩하게 기른 아담 윌슨이었다.

'벌써 일어났네.'

어제 경기에서 선발을 던졌으니 오늘 경기장에 나가지 않는다.

그런데도 이렇게 일찍 일어나다니.

'뭐, 일찍 깼나 보지.'

영웅은 신경을 끄고 음식을 담기 시작했다. 뷔페식으로 원하는 음식을 마음대로 먹을 수 있었다. 아침부터 푸짐하게 음식을 담은 영웅이 자리에 앉았다.

그리고 막 식사를 시작하려는 찰나.

"식사하는 도중에 미안하군. 잠깐 앉아도 될까?"

윌슨이 그에게 다가왔다.

"아, 예."

"실례하지."

아담 윌슨이 맞은편에 앉았다.

"식사에 방해받지 않게 바로 본론을 이야기하지. 어제 휴스턴 타자들을 상대하면서 느낀 건데, 하위 타선의 타격감이 전체적으로 올라왔다."

"하위 타선이요?"

"그래, 최근 성적이 좋지 않았는데 이상하더군."

영웅의 어제 경기를 떠올렸다.

윌슨이 대량 실점을 할 때 해결사 역할을 했던 건 분명 8번 타자였다.

"오늘 경기를 할 때 하위 타선을 조심하도록 해."

"예."

"그럼 이만 가도록 하지. 조금 더 자야겠어."

"아, 감사합니다."

"별말을 다 하는군."

윌슨은 피식 웃으며 식당을 빠져나갔다.

영웅은 그가 이 이야기를 하기 위해 일찍 잠에서 일어났다는 걸 깨달았다.

'무뚝뚝한 듯하면서도 괜찮은 사람이라니까.'

윌슨은 항상 그랬다. 스프링캠프에서도 자신에게 잘해준 사람 중 한 명이었다.

'자, 그럼 일단 배부터 채우고 경기장에 가보실까.'

영웅이 폭풍 같은 식사를 시작했다.

[클리블랜드가 과연 어제의 대패를 설욕할 수 있을까요?]

[타선은 흐름이 나쁘지 않습니다. 어제 경기에서 산발성 안타가 터져 점수가 나지 않았지만 주포라 할 수 있는 3번 애런이 8회 투런 홈런을 터뜨리지 않았습니까?]

[그럼 경기의 키는 마운드에 있겠군요.]

[그렇습니다. 어제 선발인 윌슨이 일찍 무너졌기 때문에 강영웅 선수의 어깨가 무겁습니다.]

[말씀드리는 순간, 클리블랜드의 공격이 시작됩니다.]

영웅은 벤치에 앉아 있었다. 그는 손에 들고 있는 글러브를 바라봤다.

'오늘은 느낌이 좋아.'

왠지 모르게 그랬다. 이유는 알 수 없지만 이런 날이 공이 잘 던져졌다.

"강! 슬슬 준비하자."

페르나의 말에 고개를 들었다.

어느덧 아웃 카운트 두 개가 올라가 있었다. 그리고 마지막 세 번째 아웃 카운트가 올라갔다.

중견수 뜬공으로 타자가 물러났다.

영웅이 글러브를 들고 마운드로 달려갔다.

'시작해 볼까.'

마운드에 선 영웅의 입가에 여유로운 미소가 그려졌다.

[강영웅 선수가 마운드에 올라왔습니다. 오늘 따라 여유로 워 보이는군요.]

[긴장을 하는 것보단 좋은 모습입니다.]

[오늘 경기에서 승리를 챙긴다면 강영웅 선수, 메이저리그 전체 다승 공동 2위가 됩니다.]

[그렇습니다. 메이저리그 다승 1위는 클레이튼 커쇼 선수 인데요. 괴물 같은 선수답게 올해 개막 이후 7연승을 하면서 벌써 7승을 수집했습니다.]

영웅의 연습 투구가 끝났다. 그 어느 때보다 어깨가 가벼웠다.

페르나가 던져준 공을 받아 손으로 가볍게 눌렀다.

실밥을 만지는 손끝의 감각도 좋았다.

"후우-!"

숨을 크게 내쉬고는 피처 플레이트를 밟았다. 상체를 숙이 고 페르나의 사인을 확인했다.

'패스트볼.'

시작은 빠른 공이었다.

고개를 끄덕인 영웅이 다리를 차올렸다.

촤앗-!

그리고 상체를 비틀었다. 등번호가 타자에게 보일 정도로 비튼 상체를 풀며 다리를 뻗었다.

탁-!

다리가 땅을 밟는 순간 허리를 회전하며 모든 힘을 손끝으로 보냈다.

좌르륵–!

손가락 끝에 실밥이 걸리며 공이 맹렬하게 회전했다.

그리고 날아갔다.

쐐애애애액–!

타자가 스윙의 시동을 걸었다.

초구 패스트볼을 노리고 있었다.

"흡–!"

임팩트 순간 숨을 마시며 손목에 힘을 주었다.

딱–!

"윽!"

공이 배트에 맞았다. 한데 손이 울렸다.

고통에 얼굴을 찡그린 순간 타구가 유격수 앞으로 굴러가는 게 보였다.

'제대로 쳤다고 생각했는데!'

타자가 급하게 1루로 전력 질주 했다. 하지만 이미 늦었다.

유격수가 공을 포구해서 가볍게 1루로 뿌렸다.

퍽–!

"아웃!"

[공 하나로 아웃 카운트를 올립니다!]

최고의 스타트였다.

영웅은 페르나에게 공을 다시 받고 손에 로진을 묻혔다.

'공이 뻗어 나간다.'

그렇지 않아도 구위가 좋은 영웅이다.

한데 오늘따라 공 끝이 더 뻗어 나가고 있었다.

무엇보다 홈 플레이트 위에서 테일링 무브먼트가 제대로 일어났다. 마치 투심처럼 우타자의 몸 쪽으로 파고들었다. 포심의 그립으로 던졌는데도 말이다.

'느낌이 좋다니까.'

그리 생각하며 영웅이 두 번째 타자를 상대하기 위해 피처 플레이트를 밟았다.

페르나는 자신의 오른쪽에 있는 타자를 힐끔 올려다보고는 손가락을 움직였다.

'고속 슬라이더. 가운데서 몸 쪽으로.'

영웅이 고개를 끄덕였다. 상체를 세우고 숨을 깊게 내쉬었다.

"후우-!"

그리고 와인드업과 함께 공을 뿌렸다.

쐐애애애액-!

존의 가운데로 날아오는 공에 타자의 배트가 돌았다.

그 순간 공의 궤적이 변하면서 배트를 피해 몸 쪽으로 붙었다.

후웅-!

퍽-!

"스트라이크!"

[헛스윙으로 스트라이크 카운트를 올립니다!]

[멋진 슬라이더였습니다.]

연달아 2구를 뿌렸다.

딱-!

[파울입니다.]

[구위에 배트가 밀리고 있습니다.]

3구.

퍽—!

[체인지업에 속지 않습니다.]

[타자의 배트를 끌어내기엔 너무 낮게 들어갔어요. 차라리 정면 승부를 거는 것도 나쁘지 않습니다. 오늘 공의 구위가 좋으니까요.]

4구.

영웅이 와인드업을 했다.

사인은 포심 패스트볼.

코스는……

'하이 패스트볼.'

타자의 눈높이였다.

영웅은 공을 잡은 손에 힘을 주었다.

'라이징 무브먼트.'

라이징 패스트볼의 움직임을 일컫는 말이다.

탁—!

땅을 밟는 순간 있는 전력으로 공을 뿌렸다.

쐐애애애액—!

손끝이 실밥을 채는 느낌이 강렬했다. 공이 매섭게 회전하며 날아갔다.

'걸렸어!'

타자의 눈이 빛났다.

공이 날아오기 시작한 위치를 확인하자 날아오는 가상의

궤적이 눈에 그려졌다.

'어설퍼!'

높이가 어설펐다.

가슴 높이로 궤적을 그리고 있었다.

메이저리그는 1번부터 9번까지, 어떤 타자라도 홈런을 때릴 수 있는 능력을 보유하고 있다.

배트가 매섭게 돌았다.

후웅-!

하지만 배트는 허공을 갈랐다.

공이 예상했던 것보다 높은 위치에서 배트의 위를 지나가고 있었다.

뻐엉-!

"스트라이크! 아웃!"

[삼진입니다! 오늘 경기 첫 삼진을 올리는 강영웅 선수!]

'생각보다 공이 더 높게 들어온다.'

타자의 얼굴이 일그러졌다. 그가 예상한 궤적보다 훨씬 높은 위치였다.

영웅은 세 번째 타자마저 삼진으로 돌려세우고 마운드에서 내려왔다.

"후우……."

벤치에 앉아 숨을 몰아쉬었다.

그런 영웅에게 페르나가 스포츠 음료를 건넸다.

"오늘 공 좋더라."

"그래?"

팀에서 가장 친한 사람을 꼽으라면 역시 페르나다.

배터리를 하다 보니 대화도 많았다. 무엇보다 페르나가 한국 문화에 관심이 많아 친해지는 게 쉬웠다.

"내가 타자라면 상대하기 싫을 정도였어."

"엄살은."

페르나의 시즌 타율은 3할 7푼이었다.

시즌 초반이긴 했지만 괴물 같은 성적이었다.

"엄살이 아니야. 오늘은 느낌이 좋아."

영웅이 씩 웃었다.

"나도 그래."

레전드 플레이어들은 다양한 이야기를 해주었다.

경지에 오른 선수들답게 비슷한 이야기를 할 때가 있었다.

그중에 하나가 바로 이거였다.

"경기를 하다보면 유난히 어깨가 가벼운 날이 있지."
"맞아. 그런 날에는 이상하게도 공의 실밥이 잘 긁힌단 말이지."
"어떤 공을 던지더라도 맞을 거 같은 기분이 들지 않아."
"실제로 어떤 공을 던져도 정타가 나오지 않았지."
"그리고 그런 날에는……."

기억을 접고 영웅이 마운드에 섰다. 사인을 받고 공을 뿌렸다.

'가벼워.'

그 어느 때보다 어깨가 가벼웠다. 실밥을 긁는 손끝의 감각은 그 어느 때보다 선명했다. 실밥 하나하나의 느낌이 모두 전달됐다.

뻐엉-!

"스트라이크!"

[바깥쪽 낮은 코스를 날카롭게 찌릅니다!]

후웅-!

뻐억-!

"스트라이크! 투!"

[몸 쪽을 찌르는 슬라이더에 배트가 따라오질 못하네요!]

뻐엉-!

"스트라이크! 아웃!"

[또다시 삼진입니다! 98마일! 오늘 경기 최고 구속이 나옵니다!]

영웅이 주먹을 불끈 쥐었다.

즐거웠다. 공을 던지는 거 자체가. 던지는 공마다 자신이 원하는 코스에 정확히 꽂혔다.

'이래도 돼?'

이래도 되나 싶을 정도였다.

툭-!

손끝에 가볍게 로진을 묻혔다. 5번째 타자가 타석에 들어섰다.

'바깥쪽 종 슬라이더.'

페르나의 사인에 고개를 끄덕였다. 그립을 바꾸고 와인드 업을 했다.

쐐애애액-!

손을 떠난 공이 맹렬한 속도로 날아갔다.

후웅-!

타자의 배트가 돌았다.

그 순간.

마치 공에 브레이크가 걸린 듯 속도가 줄었다. 그리고 밑 으로 뚝 떨어졌다. 하늘을 날던 매가 먹잇감을 발견하고 땅 으로 떨어지듯 말이다.

퍽-!

너무 떨어진 공이 원 바운드가 됐다.

페르나가 몸을 날렸다.

퍽-!

프로텍터에 맞은 공이 바로 앞에 떨어졌다.

빠르게 공을 낚아챈 페르나가 자신을 보고 있는 타자의 엉 덩이를 가볍게 터치했다.

"아웃!"

구심의 손이 올라갔다.

"아주 좋아!"

페르나가 영웅에게 소리쳤다.

'믿음직스럽다니까.'

페르나는 단순 타격이 좋은 포수가 아니었다.

포수로서의 능력 역시 리그 톱 클래스 수준이었다. 2년 전까지만 해도 그는 클리블랜드 팜에서 수비가 괜찮은 수준의 포수였다.

하지만 작년 메이저리그에 콜업이 되면서 모든 게 바뀌었다.

타격의 퍼텐셜이 터졌고 수비는 더더욱 좋아졌다. 전체적으로 약팀인 클리블랜드를 대표하는 선수로 큰 것이다.

"흡-!"

쐐애애애액-!

여섯 번째 타자를 상대로 연달아 공을 뿌렸다.

뻐억-!

"스트라이크!"

퍽-!

"볼."

딱-!

"파울!"

딱-!

"파울!"

[변화구에 연속 파울이 나옵니다.]

[이럴 때는 다시 한번 유인구로……]

영웅이 와인드업을 했다.

유인구?

그럴 생각은 전혀 없었다.

'승부다.'

맞을 거 같지 않을 땐 승부를 걸어야 했다.

좌르륵-!

손끝이 실밥을 제대로 긁었다.

맹렬하게 날아가는 공에 타자의 배트가 돌아갔다.

그 순간 공이 배트에서 도망치듯 옆으로 흘러갔다.

후웅-!

[엉덩이가 빠지는 스윙! 하지만 공을 때릴 수 없었습니다! 삼진입니다!]

[멋진 투심이었습니다. 정말 대단한 무브먼트네요!]

투심이 아니었다.

영웅은 포심 그립을 쥐었다. 단지 검지에 조금 더 힘을 주어 그런 무브먼트가 생기게끔 만들었을 뿐이다.

그 증거가 전광판에 찍힌 구속이었다.

[97마일]

2회까지 타자를 틀어막은 영웅이 마운드를 내려왔다.

3회.

딱-!

[좌익수 거의 제자리에서 타구를 잡아냅니다.]

후웅-!

뻐억-!

[풀카운트 승부에서 패스트볼로 다시 한번 아웃 카운트를 올립니다!]

딱-!

[평범한 유격수 땅볼, 안전하게 포구해서 1루로 송구. 아웃입니다.]

한국은 아침이었다. 하지만 많은 사람이 야구 중계를 보고 있었다. TV, 스마트폰, 또는 컴퓨터로 봤다. TV의 시청률은 바로 확인이 불가능하다.

하지만 인터넷은 달랐다. 실시간으로 접속 인원을 확인할 수 있었다.

"실장님! 이거 심상치 않은데요?"

"왜?"

"동시 접속자 수가 25만을 돌파했습니다."

"그래?"

김 실장이 눈을 빛냈다.

최근 한국인 메이저리거가 늘어나면서 시청자 수가 분산이 됐다. 간혹 홈런이나 마무리 투수가 올라올 때는 시청자가 확 오르는 경우도 있었다. 하지만 클리블랜드의 강영웅은 선발이다. 갑자기 5만 명이나 늘어난 이유는 하나였다.

"지금 3회까지 퍼펙트지?"

"예."

"혹시 모르니까 서버 더 늘리도록 해."

"알겠습니다."

아직은 이른 시기다.

그래도 만약이란 게 있었다.

김 실장은 그 사태에 대비해서 서버를 늘리게 했다.

4장
퍼펙트게임

수정은 야간을 끝내고 집으로 향하는 버스에 몸을 실었다.

버릇처럼 스마트폰을 꺼냈다.

'오늘 영웅이 선발이었지?'

경기를 보기 위해 인터넷에 접속했다. 그리고 막 스포츠란을 클릭하려는 순간.

'어?'

익숙한 이름이 보였다.

실시간 검색어에 말이다.

[7위 강영웅]

동생의 이름이었다.

'오늘 경기 잘 던지고 있나 보네.'

수정은 대수롭지 않게 생각했다. 영웅이 잘 던지는 날에는 실시간 검색어에도 올랐기 때문이다.

그녀는 경기 영상을 틀었다. 그리고 이어폰을 귀에 꽂았다.

[4회까지 끝낸 강영웅 선수, 단 한 명의 타자도 베이스를 밟지 못하게 하고 있습니다.]

[이야, 정말 대단하네요. 오늘 구위가 좋습니다. 너무 좋아요.]

야구 용어를 모르는 그녀에게 해설 위원들의 말은 어려웠다.

하지만 한 가지는 알 수 있었다.

'우리 동생 오늘도 잘하고 있구나.'

수정이 영웅을 대견하고 있는 그때.

실시간 검색어가 요동치고 있었다.

[2위 강영웅]
[3위 퍼펙트게임]
[4위 메이저리그 퍼펙트게임]
[5위 클리블랜드 인디언스]

그와 관련된 검색어들이 점점 순위권을 장악하고 있었다.

6회.

영웅이 마운드에 올랐다.

투구 수는 고작 67구.

지칠 리가 없었다.

[이번 이닝, 7번부터 시작이 됩니다.]

[하위 타선이지만 결코 방심해서는 안 됩니다. 어제부터 휴스턴의 하위 타선은 타격감이 좋은 모습을 보여주고 있습니다.]

오늘도 마찬가지였다.

첫 만남에서 휴스턴의 하위 타선은 영웅을 괴롭혔다.

잘 맞은 타구들도 있었다.

수비 정면이었지만 말이다.

뻑-!

"볼!"

[4구, 볼이 됩니다. 볼 카운트 투 앤 투!]

2구와 4구에서 던진 유인구에 타자의 배트가 나오지 않았다.

아니, 아예 꿈쩍도 하지 않았다.

'승부.'

볼 카운트가 몰리면 위험해진다.

페르나도 그걸 알기에 정면 승부를 택했다.

'패스트볼.'

바깥쪽 낮은 패스트볼을 요구했다.

영웅이 고개를 끄덕였다. 와인드업과 함께 전력으로 공을 뿌렸다.

쐐애애애액-!

맹렬한 속도와 함께 공이 날아갔다.

한데 공이 몰렸다.

'이런!'

던진 직후 깨달았다. 하지만 공을 다시 회수할 순 없었다.

'빗맞아라!'

그러나 바람은 이루어지지 않았다.

딱–!

공이 매섭게 돌아간 배트의 스위트스폿에 정확히 맞았다.

영웅이 급하게 고개를 돌렸다. 그의 눈에 빠르게, 그리고 멀리 날아가는 타구가 보였다.

코스는 경기장의 정중앙이었다.

'안 돼…….'

하지만 공은 생각보다 멀리 가지 않았다.

[타구가 서서히 떨어집니다.]

[이미 중견수가 걸음을 멈췄네요.]

퍽–!

"아웃!"

[오늘 경기 처음으로 정타가 된 거 같지만 구위가 워낙 좋아 공이 멀리까지 뻗지 않네요.]

"와아아아–!"

소수의 클리블랜드 팬, 그리고 한국인들이 환호성을 질렀다.

'다행이다.'

영웅은 안도했다. 그리고 자신감도 찾았다.

'맞아도 제대로 날아가지 않는다.'

오늘은 그런 날이었다.

자신감을 얻은 영웅의 어깨는 다시 가벼워졌다.

'포심 패스트볼.'

페르나의 사인에 고개를 끄덕였다. 킥킹과 함께 와인드업을 했다. 독특한 투구 폼으로 공을 뿌렸다.

'제길!'

타자의 입장에선 갑자기 공이 나타나는 느낌이었다.

공이 손을 떠나기 직전까지 보이지 않기 때문이다.

디셉션이라 불리는 기술이었다. 타자가 타이밍을 잡는 방법은 여러 가지가 있다. 그중에 하나가 투수의 가슴이 드러나는 순간, 팔의 각도와 공이 보이기 때문이다.

이 두 가지를 숨기는 걸 바로 디셉션이라 한다.

영웅은 이 디셉션이 매우 뛰어나다.

상체를 비틀어 팔과 공의 위치를 감춘다. 그리고 다리를 내디딘 뒤 빠른 허리 회전으로 상체를 순식간에 돌리며 공을 뿌린다.

이 속도가 다른 메이저리그 투수들보다 월등히 빠르다.

타자들 입장에선 갑자기 공이 던져지는 것으로 보여 타이밍을 잡는 데 애를 먹을 수밖에 없었다.

뻐엉-!

"스트라이크!"

구심의 손이 올라갔다.

이번에도 타이밍을 뺏긴 것이다.

딱-!

"파울!"

[볼 카운트 투 스트라이크! 투수에게 절대적인 유리해집니다!]

페르나의 손가락이 단순하게 움직였다.

'불이 올랐어.'

투수의 변화는 포수가 가장 먼저 캐치한다. 미트에 박히는 공의 힘이 7번 타자를 상대할 때와는 또 달라졌다.

더 강해진 것이다.

'이럴 때 유인구는 필요 없다.'

요구한 구종은 포심 패스트볼.

영웅이 공을 뿌렸다.

쐐애애애액ー!

타자의 배트가 반 박자 늦게 스타트를 걸었다.

영웅의 빠른 공을 치기엔 너무 늦었다.

뻐억ー!

후웅ー!

"스트라이크! 아웃!"

[삼구 삼진!! 97마일 빠른 공으로 삼진을 잡아냅니다!!]

기세를 탄 영웅은 9번 타자마저 삼진으로 돌려세웠다.

[오늘 경기 10개의 삼진을 올리며 이닝을 마감하는 강영웅 선수입니다!]

시청자 수는 기하급수적으로 늘었다.

6회가 되자 50만을 돌파, 60만으로 치솟았다.

7회가 됐을 때 실시간 검색어는 영웅과 관련된 것으로 모두 채워졌다.

1위부터 10위까지 모두 말이다.

[정말 대단합니다. 19명의 타자를 상대하면서 단 한 명의 선수도 1루 베이스를 밟지 못하고 있습니다.]

"후우……."

한숨을 깊게 내쉬었다.

팔에 땀이 송골송골 맺혔고 이마에서 흐른 땀이 눈가를 지나 턱 선을 타고 흘러내렸다.

"후우……."

다시 호흡을 골랐다.

간혹 기록을 진행 중인 투수는 그 사실을 모른다고 이야기하는 사람들이 있다.

하지만 그건 사실이 아니다. 일부 그럴 수도 있지만 대부분의 투수는 자신의 기록을 인지하고 있다.

인터뷰에서도 그렇게 밝힌다.

영웅도 마찬가지다.

5회가 넘으면서부터 퍼펙트게임을 의식하기 시작했다.

'하고 싶다.'

그럼 한걸음 더 가까워질 수 있을 것 같았다.

꿈의 그라운드.

최종 목표에 말이다.

7회 원 아웃.

2번 타자가 영웅을 노려보고 있었다.

투수에겐 최고의 기록인 퍼펙트게임. 하지만 그걸 당하는 팀은 최고의 굴욕이었다. 당연히 선수들의 집중력이 극도로 높아질 수밖에 없었다.

그러나 영웅이 한 수 위였다.

"흡-!"

쐐애애애액-!

영웅이 공을 뿌렸다.

후웅-!

타자의 배트가 매섭게 돌았다. 그 순간 공이 뱀처럼 휘면서 배트를 피해 바깥쪽으로 흘러 나갔다.

퍽-!

"스트라이크! 아웃!"

[또다시 삼진입니다! 이걸로 삼진 11개째! 메이저리그 진출 이후 본인의 최다 탈삼진 기록을 갱신합니다!]

[정말 대단합니다. 만으로 19살의 나이에 이런 투구라니…….]

믿을 수 없는 일은 인터넷에서도 일어났다.

실시간 시청자 수가 백만을 돌파한 것이다. 국가 대항전도 아닌 리그 경기에서 동시 접속자가 백만이 넘는 건 정말 오랜만의 일이었다.

과거 류현민이 LA 다저스에서 7회 노히트 노런을 기록할 때 이후 처음이었다.

'남은 건 7명.'

[딱-!]

[높이 뜬공! 좌익수 거의 제자리에서 공을 잡습니다! 쓰리 아

웃! 7회까지 단 한 명의 타자도 1루 베이스를 밟지 못합니다!]

'아니, 6명인가……'

남은 이닝은 단 2이닝이었다.

8회 초.

클리블랜드의 타선이 터졌다.

딱—!

[쳤습니다! 좌중간을 꿰뚫는 장타 코스! 애런 선수 1루를 돌아 2루로 달립니다! 세이프!]

[어제 타격감이 좋았던 애런 선수, 오늘 팀에서 유일한 멀티 히트 경기를 펼치네요.]

[4번 페르나 선수가 타석에 들어섭니다.]

[중심 타선이니만큼 이번 공격에서 점수를 내주면 좋겠는데요.]

[오늘 클리블랜드의 타선은 산발성 안타만 터지지 않았습니까?]

[그렇습니다. 집중타를……]

따악—!

[아아! 큽니다!!]

공이 높게 그리고 빠르게 날아갔다.

[넘어갔습니다!! 페르나 선수! 중요한 순간에 시즌 5호 홈런을 터뜨립니다!]

클리블랜드가 경기를 앞서기 시작했다.

8회 말.

영웅이 다시 마운드에 올랐다.

공수 전환도 느리지 않았다. 클리블랜드가 8회 초 점수를 내긴 했지만 이후 타자들이 범타로 물러난 탓이다.

퍼펙트, 노히트 기록 중에는 빠른 공수 전환이 더 좋았다.

[공수 전환이 빨랐던 덕분에 강영웅 선수의 흐름이 끊기지 않았을 겁니다.]

[7회 말까지 79개의 공을 던진 강영웅 선수! 80번째 공을 뿌립니다!]

영웅의 손을 떠난 공이 스트라이크존 가운데를 향해 날아왔다.

타자의 배트가 매섭게 돌았다.

그 순간 공이 급하게 방향을 꺾으면서 밑으로 뚝 떨어졌다.

타자의 균형이 무너졌다.

후웅-!

퍽-!

"스트라이크!"

[떨어지는 변화구로 카운트를 올립니다!]

[80개의 공이 넘었지만 여전히 좋은 변화구를 던집니다.]

[도대체 저런 어린 선수에게 이런 중압감을 견뎌낼 힘이 어디서 나오는 걸까요?]

영웅이 페르나가 던진 공을 받았다. 마운드에서 물러나 소매로 이마에 흐르는 땀을 닦았다. 다시 마운드에 올라 로진을 손끝에 묻혔다.

"후우……."

피처 플레이트를 밟은 영웅이 타자를 바라봤다.

'콥이라면 이 순간에……'

7회.

정타가 나온 이후부터 영웅은 타자들을 타이 콥으로 상정했다.

메이저리그 역사상 최고의 타자라 불리는 타이 콥.

그와의 대결은 영웅에게 피와 살이 됐다.

'콥을 잡기 위해선 더 강하게 공을 던져야 된다. 손끝의 감각에 집중하자.'

집중력을 끌어올렸다.

체력의 저하가 있었지만 괜찮다.

꿈의 그라운드에서 단련한 정신력이 체력을 넘어서고 있었다.

[강영웅 선수, 81번째 공을 던집니다.]

딱-!

[뒤로 날아가는 파울입니다. 오……. 이번 공의 구속이 다시 98마일이 찍혔습니다.]

[7회 97마일 이후 계속 94마일, 95마일의 구속이 찍혔는데 갑자기 오늘 최고 구속과 같은 구속이 찍히네요.]

[말씀드리는 순간 와인드업과 함께 공 던집니다.]

쐐애애애액-!

후웅-!

뻐억-!

"스트라이크! 아웃!"

[12번째 탈삼진! 또다시 전광판에 98마일이 찍힙니다!]

[정말 경이롭습니다.]

마운드 위의 영웅이 화면에 비쳤다.

입술이 끊임없이 움직였다.

[무언가 말을 하는 거 같은데요.]

[이런 순간에 무슨 말을 하고 있는지 궁금합니다.]

입술은 계속해서 변했다.

즉, 한 가지 단어를 반복해서 이야기하는 게 아니란 소리
였다.

"공을 던질 때 가장 중요한 건 손끝의 감각이다. 손끝에
집중을 하면 실투를 줄일 수 있다."

그가 내뱉는 말들은 꿈의 그라운드에서 배운 것들이다.

8회가 되면서 영웅은 끊임없이 그들에게 배운 걸 되새기
고 있었다.

가장 큰 압박감을 느껴야 될 순간.

영웅은 혼자가 아니었다. 뒤에는 그를 가르친 레전드 플레
이어들이 함께하고 있었다.

[타석에 대타가 들어섭니다. 베테랑 닉 케이시 선수가 들
어섭니다.]

[지난 시즌 타율 3할 2푼을 찍은 선수입니다. 4월 경기에
서 왼쪽 새끼발가락에 부상을 입으면서 수비가 불가능해 간

혹 타석에만 들어서고 있죠.]

[이 선수는 조심해야 됩니다. 3년 연속 3할에 20개의 홈런을 때려낸 선수로…….]

뻐억-!

[초구 스트라이크! 존 한가운데를 꿰뚫는 99마일의 빠른 공에 타자의 배트, 움직이지 못합니다!]

[오늘 경기 최고 구속이 나오는군요.]

[99마일은 메이저리그 진출 이후 강영웅 선수의 최고 구속입니다.]

후웅-!

픽!

[슬라이더에 배트 헛돕니다! 투 스트라이크!]

다시 공을 받은 영웅이 고개를 연달아 저었다.

그리고 세 번째 만에 고개를 끄덕였다.

"빠른 공을 던지기 위해선 하체의 힘을 이용하는 게 중요하다. 또한 허리 회전 역시……."

그는 끊임없이 배웠던 것을 되새기며 와인드업 했다.

비튼 상체의 어깨 너머로 페르나의 미트가 보였다.

'목표를 노리고 있는 힘껏 던져라.'

비틀림을 풀면서 다리를 내디뎠다.

발이 마운드 위를 밟는 순간 빠르게 허리의 회전을 가져갔다.

후웅-!

그의 팔이 허공을 갈랐다.

쐐애애애애액ー!

타자의 배트가 절반쯤 돌았을 때.

공은 이미 홈 플레이트 위를 지나갔다.

뻐억ー!

후웅ー!

"스트라이크! 아웃!"

[또다시 삼구 삼진입니다! 이번에도 99마일이 찍힙니다! 본인의 최다 탈삼진 기록을 13개로 늘리는 강영웅 선수!]

이후 6번 타자까지 중견수 뜬공으로 처리했다.

영웅이 마운드를 내려갔다.

더그아웃으로 향하는 그를 카메라가 잡았다.

"동시 접속자 200만을 돌파했습니다!"

"서버 더 늘려!"

"예…… 예!"

사이트 관계자들은 바빠졌다.

방송국 역시 마찬가지였다.

만약 기록이 달성하게 되면 발 빠르게 움직여야 했다.

"기록 달성하는 순간 가족들 섭외하도록 해. 그리고 특별 프로그램도 편성할 준비하고."

"예."

남은 타자는 단 3명.

만약 모두 잡아내게 된다면 역사가 쓰이게 된다.

메이저리그 통산 퍼펙트게임은 18번이 나왔다. 가장 최근의 일이 2018년 클레이튼 커쇼가 기록했었다.

동양인으로는 최초의 일이다.

'무엇보다 최연소다.'

한국만 이 기록에 집중하는 건 아니다. 미국 역시 클리블랜드의 경기에 가장 많은 시청자가 몰리고 있었다.

9회 초.

클리블랜드의 공격이 시작됐다.

딱―!

[풀카운트 승부 끝에 안타를 치고 나갑니다!]

[아, 공격 시간이 길어지는데요.]

[좋지 않습니다. 이런 순간에는 빠르게 공격 전환이 이루어져 투수의 집중력이 깨지지 않게 하는 것이 좋은데요.]

공격 시간이 길어져서 대기록이 날아가는 건 자주 나오는 풍경이었다. 그걸 아는지 메이저리그 중계 카메라 역시 영웅을 자주 비쳐 주었다.

'다음 이닝이…… 마지막…….'

영웅이 그라운드를 바라봤다.

딱―!

타구가 투수 앞으로 굴러갔다.

퍽―!

"아웃!"

[첫 번째 아웃 카운트가 올라갑니다. 그사이 주자는 2루로 갑니다.]

'세 명만 잡으면 된다.'

영웅이 다시 집중력을 끌어올리려 했다. 하지만 저하된 체력으로 정신을 집중하기가 쉽지 않았다.

'집중하자, 집중……!'

집중을 하기 위해 애를 썼다. 하지만 그 자체가 이미 집중이 되지 않는다는 이야기였다.

딱—!

[중견수 플라이로 두 번째 아웃 카운트를 잡아내는 휴스턴!]

점점 등판의 순간이 다가왔다.

선수들이 하나둘 장비를 챙겼다.

'조금만 더…….'

그때 영웅의 눈에 자신의 글러브가 들어왔다.

문득 잭의 얼굴이 떠올랐다.

'잭, 한걸음 더 다가갈게요.'

펑—!

"스트라이크! 아웃!"

때마침 세 번째 아웃 카운트가 올라갔다.

이제 나가야 할 때다.

영웅이 자리에서 일어났다. 그리고 그라운드를 바라봤다.

순간 환상이 보였다.

마운드에 그들이 있는 것 같은 환상이 말이다.

"우리는 이곳에서 모든 경기를 지켜볼 수 있다."

언젠가 잭이 했던 말이 떠올랐다.

'보고 있는 거죠?'

더그아웃을 나온 영웅이 하늘을 올려다봤다.

영웅이 마운드에 섰다.

그의 표정에서 더 이상 흔들림은 찾을 수 없었다.

9회 말.

[강영웅 선수 나머지 세 개의 아웃 카운트를 잡기 위해 마운드에 오릅니다.]

'제발⋯⋯.'

수정은 어느새 집에 도착했다.

평소라면 잘 시간.

하지만 오늘은 자지 못했다. 아니, 옷조차 갈아입지 않았다.

그녀는 무릎까지 꿇고 양손을 모은 채 기도를 하고 있었다.

'제발⋯⋯.'

동생이 대기록을 이룰 수 있기를 빌었다.

[뻐억-!]

[초구부터 98마일의 빠른 공을 뿌리는 강영웅 선수!]

기도를 하는 건 한혜선 역시 마찬가지였다.

식당 TV 앞에 동료들과 앉아 있었다.

영업 시간은 지났지만 사장은 문도 열지 않았다. 손님이 들어와도 사정 이야기를 했다. 그러자 손님들도 같이 앉아 중계를 시청했다.

[2구 던집니다.]

[딱-!]

"아!"

"안 돼!"

경쾌한 소리와 함께 식당이 술렁였다.

화면이 타구를 잡았다.

한혜선이 떨리는 눈으로 TV를 봤다.

그곳에 유격수가 2루 베이스 뒤에서 슬라이딩을 하는 게
보였다.

그리고 벌떡 일어나 1루로 공을 뿌렸다.

[퍽-!]

[아웃!]

[아웃입니다! 유격수 파렐 선수의 멋진 수비로 첫 번째 아
웃 카운트가 올라갑니다!]

[이야-! 이건 안타 하나를 막아준 겁니다!]

"오오!"

"아웃 카운트 두 개 남았다! 두 개!"

[강영웅 선수, 슬슬 지친 기색이 보입니다. 공의 구속은
여전하지만 무브먼트가 많이 줄었어요.]

[두 번째 타자 타석에 들어섭니다.]

퍽-!

[초구 볼입니다.]

퍽-!

[2구 역시 볼. 투 볼로 카운트가 몰리기 시작합니다.]

[제구가 불안정하네요.]

딱-!

[잘 맞은 타구! 좌중간으로 날아갑니다! 거의 펜스까지 날아가는 타구…… 좌익수가 몸을 날립니다! 펜스에 부딪히고 떨어집니다!]

곧 글러브를 높게 치켜드는 게 화면에 비쳤다.

[잡았습니다! 클리블랜드 수비수가 강영웅 선수를 돕습니다! 남은 아웃 카운트는 단 하나입니다!]

9번 타순에 대타가 들어섰다.

[마지막 아웃 카운트를 향해 강영웅 선수 와인드업 합니다.]

상체를 비튼 영웅이 마운드에 우뚝 섰다.

"흡-!"

비틀림을 풀면서 회전이 시작됐다.

그의 손이 채찍처럼 허공을 갈랐다.

그 순간 손을 떠난 공이 매서운 속도로 허공을 가로질렀다.

'패스트볼!'

타자의 배트가 이미 시동을 걸었다.

궤적은 확인했다.

'이 녀석의 공은 덜 떨어진다!'

평소보다 더 높은 궤적을 그리며 배트가 돌아갔다.

그 순간 공이 몸 쪽으로 휘어 들어왔다.

'커터!'

깨달은 순간은 이미 늦었다.

뻑-!

공이 배트의 손잡이 부근에 맞았다.

배트가 쪼개지면서 일부가 파울 라인 밖으로 날아갔다.

공 역시 유격수에게 굴러갔다.

[파렐 선수! 공을 잡아 1루에 뿌립니다!]

퍽─!

"아웃!"

"와아아아아아─!"

마지막 아웃 카운트가 올라갔다.

미닛 메이드 파크가 들썩였다.

영웅이 주먹을 불끈 쥐고 하늘을 올려다봤다.

새까만 하늘에 그들의 얼굴이 보이는 것 같았다.

'다가갔다.'

전설들에게 말이다.

[오늘 클리블랜드 인디언스에서 뛰고 있는 강영웅 선수가 퍼펙트게임을 기록했습니다. 9이닝 동안 27명의 타자를 상대로 13개의 탈삼진을 잡아내며 퍼펙트게임을 달성했습니다.]

[강영웅 선수의 퍼펙트게임은 한국은 물론 동양인으로는 최초의 기록입니다.]

[루키 시즌 퍼펙트 게임을 달성한 선수는 없습니다.]

[종전 최연소 기록을 경신하는 위대한 기록입니다.]

반응이 뜨거웠다.

하루가 지났지만 반응은 가라앉지 않았다.

영웅의 하이라이트 영상의 조회수는 수백만을 기록했다.

한국만이 아니었다.

미국, 일본 등, 야구가 유명한 국가에서는 그의 퍼펙트게임을 대서특필했다.

한국은 아예 특별 프로그램까지 편성했다.

[강영웅의 퍼펙트게임, 어떻게 만들어졌나? 이형석 위원, 어떻게 보십니까?]

[퍼펙트게임이 만들어지기 위해선……]

전문가들이 자신의 의견을 내놓았다.

대부분 하는 이야긴 비슷했다.

하늘이 도와야 된다.

운이 따라야 한다.

여러 기사에서 다뤘던 내용이다.

그러다 주제가 바뀌었다.

[일각에서 강영웅 선수의 다음 경기가 중요하다는 이야기가 나오고 있습니다. 어떻게 생각하십니까?]

[동의합니다. 어떤 목표를 이루고 나서 찾아오는 공허감은 매우 큽니다. 특히 야구는 짧은 시간에 큰 목표를 이루기 위해 높은 집중력을 보여줍니다. 그 뒤에 찾아오는 공허감이 더 클 수밖에 없습니다.]

[저 역시 같은 생각입니다. 강영웅 선수의 투구 수는 많은 편이 아니었지만 9이닝까지 처음 던진 경기였습니다. 다음

경기에 영향이 있을 가능성이 큽니다.]

전문가들의 걱정은 타당한 부분이었다.

실제로 퍼펙트게임이나 노히트노런을 달성한 선수의 다음 경기는 성적이 저조했다. 어떤 선수는 아예 커리어 자체를 이어가지 못한 이들도 있었다.

그렇기에 많은 사람이 영웅의 다음 등판을 걱정했다.

그 사실은 영웅도 알고 있었다.

휴식 첫날.

영웅은 푹 쉬었다.

호텔 방에서 나오지 않았다. 밥 역시 룸서비스로 시켜먹었다. 그 외의 시간에는 잠을 자면서 체력을 회복했다.

둘째 날.

영웅은 마사지를 받았다.

지친 몸을 충분히 회복할 수 있게 해주는 역할을 했다.

타다다다닥-!

마사지사의 손놀림이 빠르게 움직였다. 근육을 부드럽게 주무르고 때로는 빠르게 두드리면서 피로에 지친 근육에 활력을 넣었다.

"어제 음식을 충분히 섭취했나 보네? 아주 잘했어. 프로 선수에게는 먹는 것도 훈련의 일환이니까."

충분한 영양소가 공급되지 않으면 지친 몸은 회복되지 않는다. 그렇기에 먹는 것도 일이란 말이 나왔다.

삼 일째.

영웅은 명상을 하며 시간을 보냈다. 체력을 되살리고 근육을 깨웠으니 마지막으로 정신을 다뤄야 됐다.

"후우……."

깊은 숨을 몰아쉬며 생각을 비우려 노력했다.

영웅이 이런 노력을 기울이는 건 사이 영의 조언 때문이었다.

"퍼펙트게임, 노히트 노런 같은 대기록을 달성한 뒤가 더 중요하다. 기록을 달성하는 순간 내겐 엄청난 무력감이 찾아왔다. 더 이상 이룰 게 없다는 생각에 허무해졌지. 그 결과 다음 경기에서 난 최악의 피칭을 했다. 이건 나만이 아니야. 다른 선수들도 마찬가지다. 다들 마인드 컨트롤에 실패했기 때문이다. 그러지 않기 위해선 명상으로 마음을 가라앉히는 게 좋다. 또 하나, 다음 목표도 빠르게 잡아야 되지."

다음 목표.

아니, 영웅에게 퍼펙트게임은 단지 지나가는 단계에 불과했다.

명예의 전당에 가기 위해서 말이다.

그리고 영웅의 최종 목표는 바로 꿈의 그라운드에 돌아가는 것이었다.

'언제까지고 퍼펙트게임에 기뻐할 수만은 없다.'

영웅은 잡념을 지우고 정신을 집중했다.

다음 단계로 나아가기 위해서 말이다.

클리블랜드 프로그레시브 필드.

인디언스가 집으로 돌아왔다.

수많은 팬이 원정에서 돌아온 선수들을 반겼다.

그때 영웅이 모습을 드러냈다.

"꺄아아악!"

"강!!"

"사인해 줘요!"

"우리 아들하고 사진 한 번만 찍어주세요!"

굉장한 반응이었다.

이전에도 인기가 좋았지만 이 정도까진 아니었다.

많은 인파가 몰렸지만 영웅은 하나하나 사인을 하고 사진을 찍었다.

훈련 시간이 될 때까지 말이다.

"죄송합니다. 이제 훈련하러 들어가야 됩니다. 정말 죄송합니다."

정중하게 사과를 하고 구장으로 들어갔다.

그런 영웅에게 페르나가 다가왔다.

"슈퍼스타가 따로 없네."

"부러워?"

"부럽긴! 인마, 나도 한 인기 하거든? 오늘도 여자 팬 삼십 명한테는 사인했을 거다."

"그래? 난 오십 명은 넘게 한 거 같은데."

"뭐라?!"

페르나가 헤드록을 걸었다.

"악악! 항복!"

어느덧 팀에 융화가 된 영웅이었다.

훈련을 끝내고 영웅은 등판을 준비했다.

퍼펙트게임 이후 첫 등판이었다.

걱정하는 사람이 많다는 것도 알고 있었다.

부담이 될 상황이다.

하지만 마음은 평온했다. 많은 준비를 한 덕분이었다.

영웅은 준비를 끝내고 라커룸을 떠났다. 그리고 더그아웃에 들어섰다.

"와아아아아-!"

그를 본 관중들이 환호를 질렀다. 이전과는 전혀 다른 반응이었다.

경기장 밖에서도, 안에서도.

영웅은 클리블랜드 최고의 인기 스타가 됐다.

단 한 번의 경기로 말이다.

[프로그레시브 필드에서 인사드립니다. 메이저리그 19번째 퍼펙트게임의 주인공 강영웅 선수가 홈에서 캔자스시티 로열스를 맞이해 경기를 펼칩니다.]

[많은 전문가가 이야기했듯 오늘 경기는 매우 중요합니다.]

퍼펙트게임 후유증.

그것을 직접적으로 언급하진 않았다. 하지만 많은 언론에서 다뤘기에 사람들은 알고 있었다.

영웅이 마운드에 오르는 게 비쳤다.

[한결 여유로운 표정의 강영웅 선수입니다. 메이저리그 첫 시즌, 여섯 번을 등판했고 다섯 번의 승리를 가져갔습니다. 아직 패배는 한 번도 없습니다. 평균자책점은 무려 0.64점! 1점이 채 되지 않습니다.]

[무엇보다 이닝 이터의 모습을 보여주고 있다는 게 고무적입니다. 강영웅 선수는 여섯 번의 등판 중 퀄리티 스타트를 기록하지 못한 적이 없습니다.]

연습 투구를 끝내자 구심이 플레이볼을 외쳤다.

[경기 시작됩니다.]

시청자 수는 시작 전부터 30만을 넘어서고 있었다. 영웅의 등판에 많은 사람이 관심을 보이고 있다는 반증이었다.

[초구 던집니다.]

[뻑-!]

[스트라이크!]

[초구부터 공격적인 피칭으로 시작됩니다. 바깥쪽에 꽂히는 포심 패스트볼, 구속은 95마일이 찍힙니다.]

[코스가 좋습니다. 조금만 더 낮게 던지면 좋겠네요.]

[2구 던집니다.]

[딱-!]

[파울!]

[3루 쪽 관중석에 떨어지는 파울이군요.]

[공에 힘이 있는지 타자의 배트가 밀리고 있습니다.]

[두 번째 공의 구속은 96마일입니다. 강영웅 선수, 고개를 두 번 젓고 이내 사인을 받아들입니다. 3구 던집니다!]

[후웅-!]

[스트라이크! 아웃!]

[삼구 삼진! 떨어지는 고속 슬라이더에 배트 헛돕니다!]

[멋진 공이었습니다. 떨어지는 각도, 속도 모두 나무랄 곳이 없는 공입니다. 무엇보다 스트라이크존 가운데로 들어오다 떨어지는 공이었기에 타자의 배트가 나올 수밖에 없었어요.]

[첫 번째 아웃 카운트를 잘 잡아내는 강영웅 선수, 퍼펙트게임 후유증은 기우였을까요?]

영웅의 호투는 이어졌다.

3회까지 다시 한번 퍼펙트 피칭을 이어갔다.

[강영웅 선수 대단합니다! 이로써 12이닝 퍼펙트 기록을 이어갑니다!]

[이건 정말 뭐라 할 말이 없네요. 대단하다는 말밖에는 할 말이 없습니다.]

하지만 4회.

영웅의 퍼펙트 행진은 깨졌다.

[딱-!]

[아-! 잘 맞은 타구입니다. 멀리 갑니다! 어디까지?! 담장 밖에 떨어집니다. 강영웅 선수 올 시즌 처음으로 피홈런을 맞았습니다.]

[캔자스시티의 작년 히어로였죠. 신성 해리슨 선수의 배트에 홈런을 허용하네요. 역시 좋은 타자입니다. 떨어지는 체인지업을 그대로 받아쳐 담장 밖으로 날려 버리는군요.]

[실투도 아니지 않습니까?]

[제대로 던졌고 제대로 쳤다는 표현이 맞을 거 같습니다.]

시즌 첫 피홈런.

하지만 영웅은 흔들리지 않았다.

"홈런을 맞지 않는 투수는 없다. 중요한 건 이후 타자를 제압하는 거다."

잭의 조언을 떠올리며 다음 타자를 상대했다.

이날 영웅은 7이닝 2실점 8탈삼진을 기록하며 퍼펙트게임 후유증이란 염려를 날려 버렸다. 또한 시즌 6승으로 팀 내 최다 승리투수로 등극했다.

5장
슈퍼스타 강영웅

　최성재는 한국 사무실에 앉아 있었다.

　그의 전화는 쉴 틈이 없었다.

　세 대의 핸드폰이 있었는데 정말 끊임없이 전화가 쏟아졌다.

　"예예, 차장님. 알고 있습니다. 지금은 경기에 집중해야 될 때니 제가 조만간 미국에 가서 의사를 타진하겠습니다. 어차피 시즌 중에 선택할 문제는 아니지 않습니까?"

　"예, 대표님. 계약서 사본은 잘 받았습니다. 조만간에 미국으로 가서 만나고 올 계획입니다. 그때 상의하고 다시 연락드리겠습니다."

　바빠진 이유는 바로 영웅 때문이었다.

　퍼펙트게임 이후, 영웅의 인지도는 급상승했다.

　공중파, 포털 사이트, SNS 등. 모든 매체에서 영웅을 다뤄준 덕분이다.

인지도 상승은 곧 광고주들의 계약 제의로 이어졌다.

그동안 간간히 들어오던 광고 제의나 스폰서 제안이 비 오듯 쏟아진 것이다.

'정말 엄청난 숫자군.'

에이전트 생활을 한 지도 이제 꽤 됐다.

하지만 이 정도까지 단시간에 광고 제의를 받아본 건 처음이었다. 최성재는 들어온 제의를 잘 정리해서 5월 말, 미국을 가는 비행기에 몸을 실었다.

그사이 영웅은 9전 7승 1패라는 성적을 올리고 있었다.

메이저리그 첫 시즌.

영웅이 이런 활약을 펼치리라 예상한 사람은 없었다.

연일 그의 승전보가 인터넷에 올라왔다.

성적은 곧 그의 인기로 이어졌다.

[클리블랜드 인디언스는 5월 저지 판매량을 발표했습니다. 1위는 강영웅 선수로 2위인 페르나 선수를 압도적으로 따돌린 것으로 알려졌습니다.]

저지만이 아니었다. 그와 관련된 물품의 판매량은 5월 모두 1위를 차지했다. 메이저리그 전체를 보더라도 10위권 안에 들었다. 이런 인기와 성적에 힘입어 올스타전 참가 이야기가 솔솔 나오고 있었다.

메이저리그 올스타전.

스타 중의 스타들만이 참가할 수 있는 이벤트 대회다.

팬들의 투표로 참가할 수 있는 방법과 감독의 추천을 받는 방법이 있다. 한국의 많은 언론에선 그가 이번 올스타전에 뽑힐 거라 기대하고 있었다.

그사이 최성재가 미국에 들어왔다.

영웅은 경기 전 훈련을 끝내고 그와 함께 미팅을 가졌다.

"광고 제의가 많이 들어왔습니다."

최성재가 태블릿 PC를 내밀었다.

전원은 켜져 있었고 프로그램도 실행되어 있었다. 회사명, 취급하는 물건, 어떤 회사인지에 대한 정보와 광고료가 적혀 있었다.

그 옆에는 별이 몇 개씩 붙어 있었다.

"별은 중요도를 표시한 겁니다. 이 광고를 수락하면서 생기는 인지도, 이미지에 득이 되는지 실이 되는지, 또 광고료에 따라 중요도를 분류했습니다."

"그렇군요."

순서 역시 별의 개수로 나뉘어져 있었다.

가장 위에 있는 곳들은 대기업이었다.

세계적인 스포츠 용품 브랜드도 보였다.

"광고료가 엄청나네요."

모두 찍으면 지금 연봉보다 몇 배는 많은 돈이었다.

"광고료도 중요하지만 인지도와 이미지에 득이 될 만한 것들을 선택하는 게 중요합니다. 프로 선수는 실력이 우선이지만 인지도가 높고 이미지가 좋다고 해서 나쁠 건 없습니다.

오히려 득이지요."

"네."

"그리고 지금 당장 계약을 맺지 않는 걸 추천합니다."

"왜죠?"

"시즌 종료 이후 최종 성적이 지금보다 좋다면 몸값은 훨씬 올라갑니다."

"반대의 경우라면 오히려 내려가지 않을까요?"

"아닙니다. 이쪽에서 급하게 계약하려 하지 않는 이상 오히려 상대 쪽에서 몸값을 올려줄 가능성이 높습니다. 그리고 도쿄 올림픽도 염두에 둬야 합니다."

최근 영웅은 모르는 사람들에게 전화를 받았다.

KBO 관계자들이었다.

그들은 도쿄 올림픽의 참가 여부를 물어왔다.

대답은 미뤘다. 선택을 할 수 없기 때문이다. 대표팀에 참가할 수 있다는 건 영광이다. 하지만 시즌 중에 열리는 대회다. 구단에서 보내주지 않으면 어떻게 할 방법이 없었다.

"참가하기 어렵지 않을까요?"

"대표팀 쪽에서 구단과 접촉을 하고 있습니다. 크게 신경 쓰지 않으셔도 됩니다."

최성재가 저리 말하면 가능성도 있어 보였다.

"참, 저번에 말씀하셨던 재정 관리 부분이요."

"네."

"그것도 맡기고 싶은데, 가능할까요?"

"물론입니다."

시즌이 시작된 지 3개월이 됐다.

그동안 영웅이 느낀 건 프로 선수란 참 바쁘다는 것이었다. TV에 보이는 3시간 정도의 경기가 전부가 아니었다. 그 외의 시간에도 훈련이며 스케줄을 소화하다보면 남는 시간이 거의 없었다.

시간이 없으니 돈을 관리하는 것도 어려웠다.

"그럼 부탁 좀 드리겠습니다."

"예, 관리부서에 전달하고 조만간에 같이 찾아뵙도록 하겠습니다."

"네, 그리고 클리블랜드 쪽에 집을 하나 알아보고 싶은데요."

"집이요?"

현재 영웅은 구단에서 제공한 아파트에서 거주 중이었다. 방은 두 개였고 화장실과 부엌이 따로 딸려 있었다. 집은 넓지 않았지만, 혼자 살기엔 충분한 크기였다.

"예, 내년에는 가족들과 함께하고 싶어서요."

"음, 그럼 시즌이 끝난 뒤에 이 부분에 대해서 자세히 이야기를 해보도록 하죠. 아무래도 보유하고 있는 자금에 따라 선택할 수 있는 집의 수준이 달라지니 광고를 찍은 뒤에 하는 게 좋을 거 같습니다."

"예."

가족과 같이 사는 건 영웅의 바람 중 하나였다.

물론 누나와 엄마의 생각을 물어봐야 했지만 미리 준비해서 나쁠 건 없었다.

KBO는 대표팀 예비 엔트리를 주기적으로 발표했다.

그곳에는 영웅의 이름도 포함되어 있었다.

150 대 후반의 강속구를 뿌리는 우완 투수. 거기에 메이저리그에서 19번째 퍼펙트게임을 기록한 선수다. 뽑지 않으면 오히려 이상했다.

문제는 그가 대회에 참가할 수 있느냐는 부분이었다.

"메이저리그 사무국에서 최종 부결됐습니다."

"골치 아프군."

최근 메이저리그 사무국은 25인 로스터 선수의 대표팀 차출이 불가능한 조항을 유지하기로 했다.

즉, 메이저리그 선수들의 출전이 불가능하게 된 것이다.

"군면제를 받은 선수들의 출전은 어려워질 것으로 보입니다."

"그렇겠지."

"강영웅은 어떻게 할까요?"

"일단 클리블랜드와 연락을 해보도록 해."

"예."

"일본 쪽은 리그 스톱을 한다고 하니 일본에 진출한 선수들의 차출 여부도 확인하고."

"알겠습니다."

"가장 중요한 건 강영웅이야. 그쪽에 집중하자고."

"예."

영웅의 존재는 어느덧 대표팀에서도 무시할 수 없을 정도로 커졌다.

6월.

클리블랜드는 중부 지구 4위를 기록 중이었다.

1위인 캔자스시티와는 17경기 차였다.

올 시즌 포스트시즌 진출 가능성은 희박했다.

문제점은 확실했다. 선발과 불펜의 약화였다.

선발 쪽에서는 1선발 맥코이와 3선발 강영웅이 버티고 있
었다. 하지만 2선발 윌슨이 부진했고 4, 5선발이 제 역할을
하지 못했다.

불펜 역시 마찬가지였다.

마무리 데런은 강했지만 거기까지 가는 길목이 문제였다.
승리조라 불릴 만한 투수가 없었다.

영웅은 운이 좋았다. 그의 승리가 날아간 적은 한 번밖에
없었다.

하지만 맥코이나 윌슨은 승리를 여러 번 날렸다. 일각에서
윌슨의 부진을 불펜이 연속해서 승리를 날려 버렸기 때문이
라고 지적하는 사람들도 있었다.

문제는 마운드의 부진이 거기서 끝이 아니란 점이다.

팀이 승리하지 못하면 라커룸의 분위기는 나빠진다.

선수들은 의욕을 상실하고 팀 성적보다는 자신들의 성적
을 우선시하게 된다. 팀 스포츠인 야구에서 그런 점은 팀의

성적 하락으로 이어진다. 클리블랜드의 성적 하락의 이유였다. 그럼에도 불구하고 클리블랜드 팬들은 경기장을 찾았다.

이유는 바로 강영웅을 보기 위함이었다.

쐐애애애액-!

후웅-!

뻐엉-!

"스트라이크! 아웃!"

"와아아아-!"

"강! 강! 강!"

관중석에서 영웅을 연호했다.

[오늘 경기 9개째 삼진을 올리는 강영웅 선수입니다!]

[공의 무브먼트가 압도적입니다.]

팬들이 영웅의 투구를 좋아하는 이유는 여러 가지가 있었다.

그중에 하나가 공격적인 피칭이다.

[볼 카운트 투 스트라이크로 유리한 고지를 점한 강영웅 선수, 세 번째 공을 던집니다.]

영웅이 와인드업을 했다.

독특한 투구 폼은 이제 그의 전매특허가 됐다.

한 언론에서는 그에게 트위스터라는 별명을 붙여주기도 했다.

"흡-!"

좌아앗-!

손에서 공이 떠났다. 쉼 없이 회전을 하는 공의 궤적은 정확히 존의 바깥쪽을 향하고 있었다.

타자의 배트가 빠르게 회전했다.

후웅-!

딱-!

[쳤습니다. 하지만 높게 떠오르는 타구, 2루수가 거의 제자리에서 콜을 외칩니다. 잡습니다!]

[타자가 치긴 했지만 타이밍이 늦었습니다. 무엇보다 공에 힘이 있으니 존으로 들어와도 배트가 밀리고 있어요.]

[메이저리그 선수들은 힘이 좋기로 유명한데요. 그걸 파워로 누른다 이거군요?]

[그렇습니다. 강영웅 선수는 전형적인 파워 피처입니다. 힘으로 타자들을 압도해 버리죠. 공에 자신이 있다 보니 정면 승부를 자주 택합니다.]

올 시즌 영웅의 볼넷 비율이 극단적으로 낮은 이유였다.

설사 안타를 맞더라도 승부한다. 그게 영웅의 투구였다.

그런 영웅의 투구를 복잡한 시선으로 보는 이가 있었다.

단장 레이널드였다.

'저런 좋은 투수를 가지고 있는데도 4위라니.'

한숨이 나왔다.

하지만 팀 성적은 뛰어난 한 명의 선수로는 극복하기 어려운 문제인 걸 알기에 미련을 버렸다.

'어떻게든 더 좋은 조건으로 만들어 둬야 한다.'

선수는 하나의 상품이다. 그런 상품에 하자는 물론 약간의 걸림돌도 있어서는 안 된다. 만약 그런 게 있다면 일찌감치 쳐내야 한다.

그래야지 시장에 내놓았을 때 더 높은 금액을 받을 수 있
었다.

[강영웅 올스타전 참가 확정!]

6월 영웅의 승리가 주춤했다.

5번을 등판해 고작 1승을 챙겼을 뿐이다.

그렇다고 성적이 떨어진 건 아니었다.

평균 자책점은 여전히 1점대를 유지하고 있었다. 9승으로
두 자릿수 승수도 눈앞에 두었다. 패는 여전히 2패로 엄청난
승률을 자랑하는 중이었다.

가장 압도적인 건 탈삼진 기록이었다.

4월에는 27개를 기록했던 영웅은 5월 퍼펙트게임 이후 전
혀 달라졌다. 5월에만 40개의 탈삼진을 수집하더니 6월에는
55개를 기록했다. 이대로만 간다면 200탈삼진은 무난하게
넘을 것으로 전망됐다.

문제는 그의 등판마다 불펜진이 방화를 저지르기 시작했
다는 거다. 또한 클리블랜드 타선이 전체적으로 침체를 겪고
있었다.

즉, 팀의 지원을 받지 못했다는 것이다.

그런 상황인데도 불구하고 영웅은 여전히 강력한 신인왕
후보였으며 아메리칸리그 사이영 상까지 엿볼 수 있는 선수

였다.

첫 시즌 만에 클리블랜드 최고의 투수가 된 영웅은 생애
첫 올스타전 참가를 위해 비행기에 올랐다.

이번 대회는 뉴욕 양키스타디움에서 열렸다.

영웅은 호텔에서 쉬지 않고 뉴욕 케네디 공항 라운지에 앉
아 있었다. 누군가를 기다리는 모양새였다. 초조하게 핸드폰
시계를 확인하던 영웅은 문이 열리는 소리에 몸을 일으켰다.

문을 열고 들어온 건 바로 엄마 한혜선과 누나인 강수정이
었다.

"엄마!"

"영웅아~!"

한혜선이 한달음에 달려와 영웅을 안았다.

수정 역시 마찬가지였다.

영웅의 넓은 가슴은 두 사람을 안기에 충분했다.

뒤이어 들어온 최성재가 그 모습을 뿌듯한 눈으로 바라봤다.

"타국에서 많이 힘들지?"

"괜찮아요. 동료들도 모두 친절하게 대해주는 걸요."

"저번에 인터뷰 영상 봤는데 너 영어 잘하더라!"

"내가 좀 하지."

여전한 모습에 수정이 피식 웃었다.

"자, 긴 여행에 지쳤을 테니 일단 호텔로 이동할까요?"

"예."

최성재의 제안에 가족이 움직였다. 공항 앞에는 고급 SUV
가 준비되어 있었다. 네 사람과 짐을 모두 싣고도 넉넉한 사

이즈였다.

최성재가 직접 운전을 해서 호텔로 향했다.

예약한 곳은 플라자 호텔이었다. 맨해튼을 대표하는 호텔로 나 홀로 집에 같은 영화의 배경이 되기도 했었다.

"어머나, 방이 정말 넓다."

"와ㅡ! 엄마! 야경 좀 봐!"

호텔 방에 들어온 두 사람이 방을 둘러보느라 정신이 없었다.

기뻐하는 두 사람의 모습에 영웅이 미소를 지었다.

'앞으로는 더 많은 걸 해줄게요.'

가족은 영웅에게 전부나 다름없었기에 그들을 위해 돈을 쓴다는 건 전혀 아깝지 않았다.

방 구경을 끝내고 세 사람이 식당으로 향했다.

로비에 도착하자 최성재가 기다리고 있었다.

"자, 그럼 식당으로 가실까요?"

미리 예약한 전망 좋은 식당에서 식사까지 끝낸 뒤 디저트를 먹으며 대화를 할 때였다.

우웅ㅡ!

핸드폰의 진동 소리가 울렸다.

"잠시만요."

번호를 확인한 최성재가 자리에서 일어나 한쪽에 가서 통화를 했다.

"최 과장님은 여전히 바쁘시구나."

"워낙 능력이 있으신 분이니까요."

"올스타전이 모레인데 쉬지 않아도 괜찮니?"

"괜찮아요. 대회에 나가 짧게 던지는 거니까 큰 부담은 없어요. 이후 경기도 바로 뉴욕에서 열려서 시간적 여유도 있고요."

"그럼 다행이지만……."

그때 최성재가 테이블로 돌아왔다.

"죄송합니다. 꼭 받아야 될 전화여서 잠시 실례했습니다."

"아니에요, 괜찮아요."

"감사합니다. 보답이라고 하긴 뭐하지만 좋은 소식을 가장 먼저 전해 드릴 수 있을 거 같습니다."

좋은 소식이라는 말에 세 사람의 시선이 그에게 몰렸다.

"강영웅 선수가 이번 올림픽 국가대표에 합류하게 됐습니다."

"저…… 정말요?"

"예, 클리블랜드 구단에서 차출을 할 수 있게끔 도와주기로 했습니다. KBO와 협약이 끝나고 공식 발표는 한국 시간으로 내일 오전에 한다고 연락이 왔습니다."

"너 국가대표 되는 거야?!"

"어? 어어……."

"꺄악-! 잘됐다! 정말 잘됐어!"

"네가 대견스럽다."

뛸 듯이 기뻐하는 수정과 자신의 손을 꽉 잡아주는 한혜선의 모습에 영웅이 미소를 지었다.

"감사합니다."

영웅은 최성재에게도 감사의 인사를 잊지 않았다. 이번 일에 가장 큰 공을 세운 게 그였기 때문이다. 중간에서 열심히 움직인 걸 누구보다 잘 알았다.

"이렇게 좋은 날 축하주가 빠질 수 없죠."

최성재가 고급 샴페인을 시켰다.

영웅은 술을 하지 않기에 음료수로 대신했지만 말이다.

"강영웅 선수의 국가대표 입성을 축하합니다."

"축하해!"

쨍―!

잔이 부딪히며 맑은 소리를 냈다.

메이저리그 올스타전.

영웅은 4회 마운드에 올랐다.

"강! 강! 강!"

관중석에서 영웅의 이름이 불리었다.

TV 중계로는 느낄 수 없는 현장의 뜨거운 반응에 한혜선과 수정은 놀라고 있었다.

"클리블랜드가 아닌데도 영웅이를 응원해 주는 사람이 많네요?"

수정의 말에 최성재가 미소를 지었다.

"강영웅 선수는 클리블랜드만이 아니라 전국구로 인지도가 꽤 높습니다."

"그래요?"

"예, 올 시즌 퍼펙트게임을 달성했고, 등판 때마다 좋은 모습을 보여주었기 때문이죠."

"에헤……."

새삼 동생의 대단함을 알 수 있었다.

그때 영웅이 와인드업을 했다.

뻐엉-!

"스트라이크!"

"와아-!"

전광판에 97마일이 찍혔다.

"저기 배트를 들고 있는 타자는 올 시즌 내셔널리그 홈런왕이 유력한 선수입니다. 벌써 27개의 홈런을 때려냈죠."

최성재가 상대 타자의 대단함을 알려주었다.

뻐엉-!

"스트라이크! 투!"

"그런 선수인데도 영웅이가 쉽게 스트라이크를 잡네요?"

야구에 대해 잘 모른다 하더라도 기본적인 것은 알고 있었다. 단지 깊이 들어가면 모를 뿐이었다.

"그만큼 강영웅 선수가 더 대단한 거죠."

뻐엉-!

"스트라이크! 아웃!"

삼구 삼진.

올 시즌 27개의 홈런을 때려낸 타자를 잡는 데 필요한 공 개수였다.

영웅은 이후 두 명의 타자를 더 상대했다.

던진 공은 모두 11개.

타자들을 모두 삼진으로 돌려세웠다.

[강영웅 선수! 생애 첫 올스타전에서 압도적인 모습을 보여줍니다!]

더그아웃으로 돌아가는 영웅에게 박수가 쏟아졌다.

영웅이 모자를 벗어 관중들에게 인사를 했다.

그 모습을 바라보는 가족들은 그 어느 때보다 뿌듯했고 아들이, 그리고 동생이 자랑스러웠다.

이틀 뒤.

가족이 다시 한국으로 돌아갔다. 각자의 삶이 있기에 언제까지고 미국에 머물 수 없었다. 아쉬운 마음도 있었다.

하지만 그것을 달래줄 소득도 있었다.

"올 시즌이 끝난 뒤 미국에 같이 와요. 누나는 하고 싶었던 공부를 하고 엄마도 이제 편히 쉬면서 보내요."

영웅이 마음속에 담아두고 있던 걸 제안했다.

전화로 할 수 있는 이야긴 아니었다. 그래서 두 사람이 미국에 들어오기를 기다렸었다.

두 사람은 생각해 보겠다는 대답을 했다.

하지만 수정의 반응은 기뻐하는 모습이었다. 원래 공부를 좋아했던 수정이다. 철이 일찍 들면서 집안 사정을 알았기 때문에 취업 전선에 뛰어들었다.

'이번에는 내가 누나의 꿈을 지켜주겠어.'

자신의 꿈을 위해 많은 걸 포기했던 누나에게 미안한 마음이 컸다. 그것을 보상해 줄 생각이었다.

가족을 보낸 영웅은 다시 팀에 합류했다.

그가 돌아오자 동료들이 반갑게 맞이해 주었다.

"올스타전 경기 잘 봤어!"

"첫 올스타 축하해!"

동료들의 환영에 미소로 답했다.

그때 누군가 헤드록을 걸었다.

"페르나!"

"팀에 다시 온 걸 환영한다!"

"아야야! 아파! 진짜!"

그제야 페르나가 헤드록을 풀었다.

"올스타전 경기 잘 봤다. 이야, 거기서도 그렇게 무섭게 공을 던지냐?"

"첫 올스타라 힘 좀 들어갔다."

영웅의 페르나의 손목을 바라봤다.

익숙한 시계가 있었다.

퍼펙트게임 기념으로 영웅이 선물했던 시계다.

메이저리그의 관례였다.

최성재가 말해주지 않았다면 모르고 넘어갈 뻔했었다.

"이런 명품도 이 몸의 손목에 있으니 더 빛이 나는 거 같지 않냐?"

너스레를 떠는 페르나를 보며 영웅이 미소를 지었다.

"그러네."

"강! 단장이 찾아!"

그때 구단 직원이 외쳤다.

"이따 보자."

"그래."

영웅은 직원을 따라갔다.

두 사람이 도착한 곳은 원정 팀 사무실이었다. 거기에는 단장인 레이널드가 있었다.

"강, 여기 와서 앉지."

"네."

영웅이 자리에 앉자 레이널드 단장이 본론을 꺼냈다.

"자네도 이미 들었겠지만 이번 올림픽 대표팀에 자네를 보내주기로 했네."

"예, 소식 들었습니다. 신경 써주셔서 감사합니다."

"우리한테도 좋은 일이니 고마워하지 않아도 돼. 오늘 부른 건 자네가 조만간 마이너리그로 내려갈 거라는 이야기를 하기 위해서네."

오늘 날짜가 15일이었다.

도쿄 올림픽까지는 정확히 9일이란 시간이 남아 있었다.

슬슬 이야기가 나올 거라 예상했다.

"올림픽이 끝나고 돌아오면 콜업이 될 테지만 상황을 봐서

트리플 A에서 한 경기 조정 경기를 할 수도 있어."

"알겠습니다."

"그리고 부탁인데 부상 조심하게."

레이널드 단장이 가장 염려하는 문제였다. 영웅이 없는 약 15일간의 공백은 어떻게든 메꿀 수 있다.

하지만 부상으로 장기화가 된다면?

엄청난 손해가 뒤따를 게 분명했다.

"예."

영웅이 대답했다. 지금 당장 할 수 있는 건 이것밖에 없었다. 그리고 믿어야 했다.

[클리블랜드 인디언스의 강영웅, 대표팀 최종 엔트리에 포함!]

영웅의 대표팀 참가는 큰 반응을 일으켰다.

현역 메이저리그 선수가 이번 올림픽에 출전하는 건 영웅 혼자였다. 로스터에 포함된 선수들의 차출이 불가능했기 때문이다. 그래서 더 큰 반응이 일어난 것이다.

그런 관심은 곧 올림픽 이전 영웅의 마지막 등판으로 몰렸다.

[강영웅 선수 오늘도 컨디션이 좋아 보입니다.]

[4회에 벌써 7개의 탈삼진을 기록했습니다. 타자들이 알고도 치지 못할 정도로 패스트볼의 위력이 좋아요. 대표팀 합

류가 기대됩니다.]

중계진도 대표팀 이야기를 끊임없이 했다.

그만큼 현재 가장 뜨거운 감자가 바로 도쿄 올림픽이었다.

[강영웅 선수 와인드업 합니다.]

트위스터처럼 몸을 비튼 영웅이 공을 뿌렸다.

쐐애애애액—!

타자의 배트가 돌아갔다. 하지만 공이 배트의 궤적보다 더 위쪽으로 존을 통과했다.

뻐엉—!

"스트라이크! 아웃!'

[또다시 삼진입니다! 탈삼진 8개째!]

영웅이 몸을 돌려 로진을 손끝에 묻혔다.

'감각이 좋다.'

퍼펙트게임 이후 영웅은 한 단계 더 발전했다. 조금 더 전설들의 조언을 이해할 수 있었고 그것을 자신의 것으로 만들 수 있었다.

듣는 것과 체득하는 건 전혀 별개의 문제다. 영웅은 스스로 경험하면서 더욱 발전을 하고 있는 것이었다.

'공이 던지는 게 즐거워.'

그 어느 때보다 야구를 하는 게 즐거웠다. 팬들의 성원, 원하는 코스에 들어가는 공, 모든 것이 완벽했다.

영웅이 다시 피처 플레이트를 밟았다.

'바깥쪽 슬라이더.'

페르나의 사인에 고개를 끄덕였다.

와인드업을 하고 공을 뿌렸다.

촤아앗-!

실밥을 채는 느낌이 좋았다.

쐐애애액-!

후웅-!

배트가 허공을 갈랐다.

이후 공이 미트에 박혔다.

뻑-!

"스트라이크!"

영웅의 입가에 미소가 그려졌다.

8이닝 무실점 2사사구 13탈삼진.

110개의 공을 던진 영웅이 공을 마무리 데런에게 넘겼다.

[강영웅 선수의 시즌 10승을 위해 남은 아웃 카운트가 단 3개입니다. 데런 선수가 잘 막아주기를 바랍니다.]

1점의 리드.

그것도 페르나의 홈런으로 나왔다. 최근 클리블랜드의 분위기를 말해주는 경기였다.

와인드업을 한 데런이 강하게 공을 뿌렸다.

쐐애애액-!

뻑-!

"볼!"

존에서 크게 벗어난 공이 타자의 몸 쪽을 찔렀다.

타자가 상체를 뒤로 빼지 않았으면 맞을 뻔했다.

데런은 정교한 피칭을 하는 투수가 아니었다.

힘으로 상대를 압도하는 파워 피처였다.

마무리치고는 볼넷이 많았지만 그만큼 스트라이크 비율도 높았다. 한 가지 확실한 건 그의 피칭을 보고 있으면 조마조마하다는 거다.

그래도 믿음직스럽긴 했다.

100마일의 공을 자유자재로 뿌리는 리그에 몇 안 되는 마무리 투수였으니 말이다.

뻑-!

"스트라이크! 아웃!"

[5구 만에 삼진을 올려내는 데런! 남은 아웃 카운트는 2개!]

딱-!

[내야 땅볼! 2루수가 잡아 1루로 던집니다! 투 아웃!]

데런이 마지막 타자를 상대로 연달아 패스트볼을 던졌다.

[순식간에 투 스트라이크를 잡아냅니다!]

[데런은 초반 제구가 흔들리는 경우가 많지만 한 번 영점이 잡히면 정말 무서운 선수로 돌변을 합니다.]

데런이 크게 와인드업을 했다. 그리고 있는 힘껏 공을 뿌렸다.

쐐애애애애액-!

빠르게 날아오는 공에 타자의 배트가 돌았다.

그 순간 공이 날카롭게 꺾였다.

뻑―!

"스트라이크! 아웃!"

[97마일 컷 패스트볼로 마지막 삼진을 잡아냅니다! 강영웅 선수, 메이저리그 진출 첫해 두 자릿수 승수를 기록합니다!!]

인천 국제공항.

수많은 기자가 몰려 있었다.

"오늘 연예인이라도 오나?"

외국을 나가기 위해 공항을 찾은 사람들 중 한 명이 말했다. 그의 동행으로 보이는 남자가 대답했다.

"강영웅 들어온다고 하던데."

"강영웅? 그 메이저리그에서 뛰는 투수?"

"오올, 알고 있네?"

남자가 자신의 여자 친구를 바라봤다. 야구는 아무것도 모르던 그녀가 강영웅의 이름을 알자 신기했다.

"뉴스에서 자주 나왔으니까."

영웅의 한국 내 인지도는 매우 높았는데 공중파에서도 자주 다뤄진 덕분이다.

"저기 나온다."

"강영웅 선수!"

기자들이 몰려들었다.

영웅은 당황하지 않았다. 이미 최성재에게 들었기 때문

이다.

'정말 엄청 많이 왔네.'

문득 미국에 처음 출국할 때가 떠올랐다.

기자는 없었고 자신을 알아보는 사람들도 전무했다.

당연했다.

야구 골수팬이 아닌 이상에야 영웅의 이름을 알 리가 없었다. 기자들 역시 영웅이 실패할 거란 전망을 연달아 내놓았었다.

당연히 관심이 없을 수밖에 없었다.

한데 2년 만에 모든 게 바뀌었다. 영웅은 이제 최고의 스타가 되어 언론과 대중의 관심을 한 몸에 받았다.

그 기쁨을 마음껏 만끽했다.

영웅은 차로 이동했다.

"대표팀은 이미 소집이 돼서 단체 훈련에 들어갔습니다."

"제가 너무 늦었네요."

"대표팀에서도 이해를 하니 너무 걱정하지 않으셔도 됩니다. 참, 제가 보내드린 자료는 읽어보셨나요?"

최성재는 영웅에게 대표팀 코치진과 선수들 그리고 그들의 성격이나 특성에 대해 보내주었다.

또한 대표팀의 작전들 역시 정리해서 보냈었다.

"예, 정리가 잘 되어 있어 읽기 편했어요."

"잘하셨습니다. 실제로는 다를 수 있겠지만 그래도 모르고 가는 것보단 한결 나으실 겁니다."

두 사람은 곧 대표팀 훈련장에 도착했다.

영웅을 맞이한 건 대표팀 수석 코치인 김승원이었다.

"반갑네."

"강영웅입니다. 늦어서 죄송합니다."

"아니야. 이렇게 와준 것만으로도 고맙지. 자네가 와서 정말 든든하네. 지금 대표팀은 실내 훈련장에 있네. 감독님과 코치들도 거기에 있으니 옷 갈아입고 바로 그쪽으로 가지."

"예."

영웅이 옷을 갈아입었다. 태극마크가 가슴에 새겨진 유니폼을 입자 뭔가 뿌듯했다.

'학생 때와는 또 다른 기분이야.'

영웅이 라커룸에서 나오자 김승원이 그를 안내했다.

딱-! 딱-!

픽-! 픽-!

훈련장이 가까워지자 익숙한 소리들이 들려왔다.

"이곳이네."

문을 열자 넓은 훈련장이 보였다.

최신식으로 된 훈련장 내부는 에어컨도 잘 돌아가 시원했다. 하지만 훈련을 하는 선수들의 이마에는 땀방울이 흘렀고 옷은 모두 젖어 있었다. 그만큼 열심히 훈련하는 중이었다.

"감독님."

김승원이 한 중년의 남자에게 고개를 숙였다.

대표팀 감독 김인수였다.

"오, 자네가 강영웅이군."

"안녕하십니까?"

"목소리가 쩌렁쩌렁하니 좋군. 먼 거리 오느라 고생했네."

"늦게 합류해서 죄송합니다."

"아니야. 시즌 중에 무리하게 와줘서 고맙네. 자, 다들 모여봐!"

김인수 감독의 말에 훈련이 중단됐다.

곧 선수들이 일사불란하게 모였다.

"이미 알겠지만 우리 대표팀의 마지막 멤버인 강영웅이야. 인사하지."

"예. 강영웅입니다. 이렇게 대표팀에 합류하게 되어 정말 기쁩니다. 여러 선배님과 함께 야구를 하게 되어 영광입니다. 잘 부탁드립니다!"

영웅과 대표팀의 첫 만남이었다.

대표팀 분위기는 좋았다.

대부분 형 동생 하는 사이였기 때문이다.

프로 사회에 인맥이 없는 영웅이지만 최성재가 다리를 놓아주었다.

"형수야!"

"형님, 오랜만입니다."

휴식 시간.

최성재와 대화를 하고 있을 때 한 사내가 걸어왔다.

박형수.

KBO 최고의 홈런 타자였고 2년 연속 50개의 홈런을 때려낸 괴력의 사나이다. 연봉 7억을 받으며 명실상부 대한민국 최고의 타자로 군림하고 있었다. 올 시즌에도 벌써 30개의 홈런을 때려내며 3년 연속 50개 홈런에 도전하는 중이었다.

"요즘 활약이 대단하더라?"

"흐흐, 감사합니다."

"참, 여기는 강영웅 선수. 알고 있지?"

"예, 경기 잘 보고 있습니다."

"감사합니다."

박형수가 손을 내밀자 영웅이 맞잡았다.

"형수의 포지션이 포수니까 아마 두 사람이 배터리를 맺을 가능성이 높습니다. 그러니까 잘 부탁한다."

마지막 말은 형수를 보며 말했다.

"걱정 마십쇼. 제가 잘 책임지겠습니다."

박형수가 호탕하게 대답했다.

대화를 해보니 남자다운 성격임을 알 수 있었다. 그러면서도 섬세했다.

휴식 시간이 끝나고 본격적인 훈련이 시작됐다.

대표팀의 훈련은 연습경기가 주를 이루었다. 청백전으로 나뉘어 펼쳐지는 연습경기에서 영웅은 청팀에 배정됐다.

국가대표 주전급 선수들이 배정된 곳이 바로 청팀이었다.

영웅은 두 번째 투수로 마운드에 올랐다.

백팀의 타순은 3, 4, 5번으로 이어졌다.

사람들의 이목이 집중됐다.

"드디어 보는군."

김인수 감독도 기대가 컸다. 그의 투구를 실제로 보는 건 처음이다.

선수들 역시 관심이 가는 건 당연했다.

"후우……."

피처 플레이트를 밟은 영웅이 깊게 숨을 내쉬었다.

곧 박형수의 사인이 나왔다.

'포심 패스트볼, 몸 쪽.'

고개를 끄덕이고 준비 자세에 들어갔다. 다리를 차올리며 상체를 비틀었다.

"영상과 같군."

김인수 감독이 말이 끝나기 무섭게 영웅이 발을 내디뎠다. 허리가 회전하면서 그의 상체도 돌아갔다. 뒤이어 팔이 채찍처럼 허공을 때렸다.

쐐애애액-!

뻑-!

"스트라이크!"

공이 날카롭게 타자의 몸 쪽을 찔렀다.

타자의 엉덩이가 빠졌지만 공은 존을 통과했다.

"구속은?"

김인수 감독이 물었다.

"156㎞가 찍혔습니다."

"엄청나군."

KBO에서 선발이 저런 구속을 던지는 건 외국인 투수밖에 없었다.

한데 초구부터 저런 구속이라니?

"패스트볼 몇 개 더 보지."

"예."

더그아웃에서 사인이 나왔다.

박형수가 고개를 끄덕이고 사인을 냈다.

영웅은 사인에 따라 연달아 패스트볼을 뿌렸다.

[157km/h]

[156km/h]

"스트라이크! 아웃!"

세 개의 공이 모두 존을 찔렀다. 코스도 모두 좋았다. 몸쪽 바깥쪽 그리고 하이 패스트볼까지.

어느 공 하나도 빠지지 않았다.

"볼 끝이 정말 좋군."

"마지막 하이 패스트볼은 라이징식으로 들어오더군요."

"두 번째 공도 좋았습니다. 공이 투심처럼 휘어버리니 타자 입장에서는 볼로 보였을 겁니다."

칭찬 일색이었다.

그만큼 영웅의 수준은 달랐다.

"다음은 변화구를 보고 싶군."

"예."

더그아웃에서 다시 사인을 냈다.

박형수는 그 사인에 맞춰 변화구를 요구했다.

영웅의 변화구는 다양했다.

가장 수준이 높은 게 슬라이더였다. 종으로 떨어지는 슬라이더, 횡으로 변화하는 슬라이더 그리고 구속이 높지만 커터보다는 변화가 큰 슬라이더까지.

총 3가지의 슬라이더를 던질 수 있었다.

퍽-!

"스트라이크! 아웃!"

슬라이더를 연달아 세 개 던졌다.

매번 다른 각도로 변화하는 슬라이더에 타자는 속수무책이었다.

세 번째 타자를 상대로는 패스트볼, 체인지업, 그리고 커브를 던졌다. 체인지업에서 커트를 당했지만 삼진을 잡아내는 데 필요한 공은 고작 4개였다.

'2군 애들은 아예 상대가 안 되는군.'

2군이라 해도 국가대표다. 자신들이 팀에 돌아가면 모두 주전으로 리그 상위권 타자들이었다.

그런 선수들이 속수무책이었다.

'천군만마야.'

우투수를 걱정했던 김인수 감독에게 영웅은 복덩이나 다름없었다.

6장
올림픽 대표팀

[강영웅 자체 청백전에서 2이닝 5탈삼진 무실점 퍼펙트 피칭!]

[클리블랜드의 에이스, 국가대표에서도 에이스?]

[강영웅의 합류로 선발진이 한층 탄탄해진 국가대표팀! 도쿄 올림픽이 기대된다!]

많은 기사가 쏟아졌다.

영웅의 일거수일투족은 모두 기사가 되어 나간다고 봐도 될 정도로 그에 대한 관심은 높아졌다.

대표팀 내에서도 평가가 좋았다. 누구보다 일찍 나와 훈련을 하고 성실한 태도에 금방 대표팀에 녹아들 수 있었다.

박형수의 징검다리 역할 역시 컸다.

그는 최성재의 부탁대로 영웅을 동료들에게 소개시켜 주기도 하고 최선의 노력을 했다. 그렇게 대표팀에 익숙해질

무렵이 되자 도쿄로 출국할 날이 다가오고 있었다.

  김인수 감독과 코칭스태프는 밤늦게까지 자지 못했다. 이
유는 영웅을 어떻게 활용해야 될지에 따른 회의 때문이었다.
  "클리블랜드에서 내건 조건이 두 경기라고 했었지."
  "예."
  클리블랜드는 영웅을 그냥 보내주지 않았다.
  다른 조건도 있었다.
  "선발로만 출전을 시켜야 하고 투구 수 역시 90구로 제한
을 뒀습니다."
  "흠."
  꽤 빡빡한 조건들이었다.
  그에 불만을 가지는 코칭스태프도 있었다.
  "보내줬으면 우리에게 맡겨야지. 너무한 거 아닙니까?"
  "아니야. 시즌 도중에 보내준 것만 해도 고마운 일이지.
그들에게는 소중한 선수 아닌가? 당연한 조치였어."
  김인수 감독의 말에 불만을 토로했던 코치가 입을 다물었다.
  그는 이번 대회의 대진표를 들었다.
  "이번 대진표는 마음에 안 들어. 갑자기 조별 리그라니."
  베이징 올림픽에서는 풀 리그였다. 하지만 이번에 새로 포
함이 되면서 갑자기 조별 리그 형식으로 바뀌었다.
  "일본에서 힘을 썼겠죠."
  일본은 이번 도쿄 올림픽에 야구를 포함하기 위해 엄청난
노력을 기울였다. 결국 개최지에서 종목을 결정할 수 있는

권한을 얻어냈다. 일본은 바로 야구와 가라데 등 유리한 종목들을 추가했다.

대진표도 마음에 들지 않았다.

그 결과 A조에는 일본, 중국, 네덜란드, 캐나다가 포함됐다. B조에는 한국, 미국, 쿠바, 그리고 대만이 배정됐다.

대진표가 공개되자 국내의 많은 언론은 반발했다.

일본에 너무 유리했기 때문이다.

하지만 항의를 한다고 해도 바뀌는 건 없었다.

"구 코치 생각은 어떤가?"

"1차전에서 영웅이를 쓰고 이후 상황을 봐서 결정하는 게 좋을 거 같습니다."

"쿠바전 말이지."

한국의 첫 상대는 아마추어 최강 쿠바였다.

대표팀은 일정에 맞춰 출국을 했다.

공항에서 수많은 취재진에 둘러싸이는 건 당연한 일이었다.

특히 영웅에 대한 관심이 높았다.

기자들은 그에게 많은 질문을 쏟아냈다.

"첫 대표팀인데 떨리진 않습니까?"

"이번 올림픽에 임하는 각오 한마디 부탁드립니다."

"최근 일본 대표팀의 타츠야 감독이 강영웅 선수의 올림픽 참가를 두고 비판을 했는데요. 어떻게 생각하십니까?"

일본의 한 언론에서 타츠야 감독의 인터뷰를 실은 적이 있었다. 거기서 다른 메이저리그 선수들은 차출을 거부했는데 강영웅만이 올림픽에 참가하는 건 형평성에 어긋난다라는 이야기를 했다.

영웅은 별다른 대답을 하지 않았다. 솔직히 기자에게 듣기 전에는 알지도 못했던 이야기였으니 말이다.

'형평성에 어긋나면 자기네들도 그렇게 했으면 됐잖아?'

영웅은 대수롭지 않게 생각했다. 그런 일에 일일이 반응하면 피곤해진다는 걸 누구보다 잘 알았다.

'첫 등판이니 마인드 컨트롤을 잘해야 돼.'

영웅은 비행기에서도 안대를 쓰고 최대한 정신을 집중했다.

1차전은 도쿄가 아닌 오사카에서 열렸다.

한신 타이거즈의 홈구장이자 일본 고교 야구의 성지인 고시엔 구장이었다.

반면 일본은 도쿄돔에서 1차전을 치렀다.

이후 일정을 보더라도 일본 대표팀의 이동 거리는 최소였다.

"쯧, 이런 꼼수나 쓰다니."

김인수 감독이 쓴소리를 뱉었다.

일본 내의 이동 거리가 길다고는 할 수 없어도 짧지도 않았다. 게다가 잦은 이동은 분명 경기력에 영향을 끼칠 수밖에 없었다.

"선수들의 컨디션 관리에 각별히 신경 쓰도록 해."

"알겠습니다."

지금 할 수 있는 한도에서 최선을 다해야 했다.

[안녕하십니까? 이곳은 오사카 고시엔 구장입니다. 오늘 대한민국 국가대표팀이 강적 쿠바를 상대로 조별 리그 1경기를 치릅니다. 제 옆에는 도움 말씀 주실 허연우 위원님 나오셨습니다. 안녕하십니까?]

[허허, 반갑습니다.]

[오늘 경기 어떻게 보십니까?]

[오늘 경기의 열쇠는 강영웅 선수가 쥐고 있어요. 강영웅이 어떻게 던지냐에 따라 앞으로의 대표팀 일정이 결정될 게 분명해요.]

[그렇군요.]

사전 행사가 끝나고 영웅이 마운드에 섰다.

"강! 영! 웅!"

"잘 던져라!"

"한국에서 여기까지 응원 왔어!"

사방에서 응원이 쏟아졌다.

한국과 일본은 가깝다. 또한 오사카에는 다수의 한국 교민들이 거주하고 있었다. 그들이 모이다 보니 홈경기나 다름없었다.

"플레이볼!"

[경기 시작됩니다.]

영웅이 상체를 숙였다. 그의 시선이 박형수에게 닿았다.

'실전에서 보니 더 든든하네.'

박형수는 188㎝에 몸무게 100㎏이었다.

즉, 거구였다.

포수가 거구라면 좋은 점이 있다.

바로 표적이 넓다는 것이다.

단점도 있다.

몸이 크면 아무래도 움직임이 둔할 수밖에 없다. 하지만 박형수는 몸놀림도 날렵했다. 연습경기에서 그런 모습을 셀 수도 없이 봤다.

'패스트볼.'

박형수가 사인을 냈다. 손도 크니 사인도 잘 보였다.

'생각해 보니 다 크네.'

영웅은 잡념을 지우고 상체를 세웠다.

"후우!"

숨을 크게 내쉬었다. 그리고 다리를 차올렸다. 상체를 비틀었다가 풀면서 그대로 공을 뿌렸다.

쐐애애액-!

타자의 배트가 돌아갔다. 아예 초구부터 노리고 있었던 듯했다. 게다가 스타트도 빨랐다.

영웅에 대한 연구가 됐다는 소리다.

당연한 일이다.

메이저리그에서 최고의 신인으로 각광받는 영웅이다. 그를 쿠바 대표팀이 모를 리 없었다.

하지만 그들의 예상과 영웅의 공은 전혀 달랐다.

뻐억-!

후웅—!

공이 먼저 존을 통과했다.

미트에 박힌 뒤에야 배트가 허공을 갈랐다.

"스트라이크!!"

구심의 다이내믹한 포즈와 함께 콜이 나왔다.

[초구 패스트볼로 스트라이크를 잡습니다!]

[보셨어요? 타자의 배트가 뒤늦게 돌았으. 그만큼 강영웅의 공이 빠르다는 소리예요. 보세요, 155㎞가 나왔잖아요.]

영웅이 2구를 준비했다.

'슬라이더.'

박형수의 사인을 보고 고개를 끄덕였다. 원하던 구종과 코스였다.

'연습 때부터 생각했지만 성향이 잘 맞는다니까.'

박형수도 공격적인 성향을 가지고 있었다.

그건 영웅도 마찬가지다.

팟—!

2구를 던졌다.

쐐애애애액—!

"흑!"

공이 타자의 몸 쪽으로 날아갔다.

그것도 상체 쪽이다.

150㎞/h후반의 공이 날아온다.

그것이 주는 공포감은 대단했다.

타자는 반사적으로 상체를 뒤로 젖혔다. 그 순간 공의 궤적이 변하더니 스트라이크존으로 빨려 들어갔다.

픽-!

"스트라이크! 투!"

[투 스트라이크!]

[굉장한 슬라이다였어요. 타자가 상체를 뒤로 젖혀 피할 정도로 위협적인 구종이었습니다.]

[슬라이더는 강영웅 선수의 주 구종 중 하나 아닙니까?]

[다양한 배나구를 던질 수 있지만은 가장 뛰어난 건 역시 저 슬라이다예요. 메이쟈리그의 강타자들도 저 공에 헛스윙이 나와요.]

[강영웅 선수 3구 던집니다.]

쐐애애애액-!

뻑-!

"스트라이크! 아웃!"

[삼구 삼진!! 몸 쪽을 날카롭게 찌르는 패스트볼에 쿠바의 리드오프 메사의 배트가 꿈쩍도 하지 못합니다!]

[이야~ 기가 맥힙니다. 저런 즐믄 슨슈가 올림픽이라는 큰 무대에서 자신의 공을 던지고 있어요. 정말 좋은 선수예요.]

첫 타자를 깔끔하게 잡아냈다.

하지만 그건 시작에 불과했다.

두 번째 타자가 타석에 들어섰다.

박형수가 그를 힐끔 바라보고는 사인을 냈다.

'체인지업.'

고개를 끄덕였다. 와인드업과 함께 네 번째 공을 던졌다.

손에서 공이 떠나기 무섭게 타자의 배트가 돌았다.

궤적도 이전과 달랐다.

1번 타자보다 조금 더 높은 위치를 타격하고 있었다.

그때 중간까지 날아갔던 공이 뚝 멈췄다. 타자의 눈에는 말이다.

그리고 밑으로 떨어졌다.

'제길!'

깜짝 놀라며 배트의 스피드를 줄이려했다.

하지만 그 격차가 너무 컸다.

후웅—!

균형이 무너지면서 배트가 돌았다.

이후 공이 미트에 들어갔다.

퍽—!

"스트라이크!!"

체인지 오브 페이스.

체인지업을 부르는 또 다른 이름답게 완벽하게 타자의 타이밍을 뺏어버렸다.

영웅의 입가에 미소가 그려졌다.

[2구 던집니다!]

뻑—!

"스트라이크!"

[157㎞의 빠른 공이 존을 통과합니다!]

영웅은 매우 빠른 투구 템포로 타자를 윽박질렀다.

[3구 던집니다!]

후웅―!

"스트라이크! 아웃!"

[떨어지는 슬라이더에 헛스윙 삼진! 공 6개로 2개의 아웃 카운트를 잡아냅니다!]

극강의 모습이었다.

관중석에서 환호성이 터져 나왔다.

내외야의 수비수들은 영웅의 피칭에 혀를 내둘렀다.

'저게 이제 21살짜리의 피칭이라고?'

'메이저리그에서 퍼펙트게임을 한 이유가 있었네.'

'정말 엄청나군.'

뒤에서 보는 영웅의 등이 무척이나 넓게 보였다.

딱―!

경쾌한 소리와 함께 공이 높게 떠올랐다.

"마이!"

2루수 박정우가 콜을 외쳤다.

퍽―!

세 번째 아웃 카운트가 올라갔다.

[세 명의 타자를 상대하는 데 필요한 공은 단 7개였습니다!]

만으로 19살.

국가대표라는 큰 짐을 지고도 영웅의 피칭은 달라지지 않았다.

스스로를 믿고 던진다.

말로는 쉽지만 어려운 일을 영웅은 하고 있었다.

2회.

영웅이 다시 마운드에 올랐다. 쿠바의 선수들은 메이저리그의 타자들과 비슷했다. 파워와 정확도를 동시에 가졌으며 거기에 다리도 빨랐다.

유연성과 손목 힘도 좋았다.

국제 무대에서 최고의 성적을 낸 이유가 분명 있었다.

하지만 상대가 좋지 못했다.

뻐억—!

"스트라이크! 아웃!"

[6명의 타자를 상대로 삼진 4개를 뽑아내는 강영웅 선수! 다시 한번 삼자범퇴로 이닝을 막아냅니다!]

2회 말.

영웅의 호투에 힘을 얻었는지 타선이 터졌다.

딱—!

[박형수, 쳤습니다! 좌익수 앞에 떨어지는 안타!]

퍽—!

"볼! 베이스 온 볼!"

[풀카운트 승부에서 참아냅니다! 볼넷을 얻어내는 박정우! 이로써 무사 1, 2루의 찬스를 얻어냅니다!]

기회가 찾아왔다.

[타석에 6번 타자 오영택 선수가 들어섭니다.]

쿠바 투수는 흔들렸다. 그 증거로 볼이 연달아 들어왔다.

반면 오영택은 신중했다. 올 시즌 잠실 베어스에서 가장 높은 출루율을 보여주는 선수다운 모습이었다.

퍽-!

"볼!"

[쓰리 볼이 됩니다!]

상대가 궁지에 몰렸다.

그렇게 판단한 오영택의 집중력이 극도로 높아졌다.

"흡-!"

투수가 세트포지션에서 공을 뿌렸다.

'카운트를 잡으러 온다.'

그렇게 판단한 오영택은 공을 확인하지 않고 배트를 돌렸다.

노려 치기.

딱-!

경쾌한 소리가 경기장을 울렸다.

"와아-!"

관중석에서 짧은 함성이 들려왔다.

오영택은 1루로 달리면서 타구를 확인했다.

주자들 역시 마찬가지였다.

"달려!"

주루 코치 두 명이 동시에 소리쳤다.

그 소리와 동시에 타구가 우익수의 머리를 넘었다.

"뛰어!"

오영택이 박정우를 향해 소리쳤다.

박형수는 3루를 돌아 홈베이스를 밟았다.

[박형수 홈인!]

발이 빠른 박정우는 어느새 2루 베이스를 돌아 3루로 향했다.

그 사이 우익수가 던진 공이 유격수에게 날아왔다.

"써드!"

2루 베이스를 밟고 있던 쿠바 선수가 소리쳤다.

유격수가 공을 포구하고 턴하며 그대로 공을 뿌렸다.

쐐애애액-!

'제발!'

그 모습을 지척에서 본 오영택의 시선이 3루 베이스로 향했다.

밴트 레그 슬라이딩을 하는 박정우가 보였다.

촤아아악-!

퍽-!

공을 포구한 3루수가 글러브를 밑으로 내렸다.

둔탁한 소리가 뒤이어 들렸다.

박정우의 등을 보고 있었기에 정확히 보이지 않았다.

오영택이 3루심을 확인했다.

곧 3루심이 양손을 좌우로 펼쳤다.

"세이프!"

"아자!"

오영택이 주먹을 불끈 쥐었다.

박정우 역시 옷에 묻은 흙을 털어내며 3루 주루 코치와 주먹을 부딪쳤다.

[한국 대표팀 선취점을 올립니다!]

계속해서 찬스가 이어졌다.

하지만 찬스를 살리지는 못했다.

딱—!

퍽—!

[잘 맞은 타구가 1루수 글러브에 빨려 들어갑니다! 주자들 급하게 귀루!]

라인드라이브 타구였다. 주자들의 리드 폭이 조금만 더 길었어도 더블플레이가 나올 수 있었다.

분위기가 묘해졌다.

타석에 8번 타자가 들어섰다.

딱—!

[아, 높게 뜬 타구⋯⋯. 1루수가 파울 라인 밖에서 잡아냅니다. 주자 움직이지 못합니다.]

9번 타자까지 땅볼로 물러났다.

무사 2, 3루의 찬스가 사라진 것이다.

선취점을 냈다는 기쁨은 사라졌다.

점수를 더 낼 수 있는 상황에서 도망가지 못했다. 그 사실이 타자들의 머리에 남았다.

특히 하위 타선에 위치한 타자들의 표정이 굳어졌다. 국가 대항전이라는 부담감이 그들의 어깨를 짓눌렀다. 평소라면 금방 잊었을 상황이지만 쉽게 잊지 않았다.

이럴 때 실책이 잘 나온다. 수비에만 온전히 집중을 하지 못하기 때문이다.

뻐엉—!

그때 굉장한 소리가 그라운드를 울렸다. 자신들을 자책하던 선수들이 깜짝 놀라며 소리의 진원지를 바라봤다.

"스트라이크!!"

그곳은 홈 베이스 쪽이었다.

[7번 타자를 상대로 초구부터 스트라이크를 꽂아 넣는 강영웅 선수! 멋집니다!]

허무하게 공격이 끝났지만 영웅은 개의치 않았다.

'내가 지키면 된다.'

그의 머릿속에 그런 생각이 박혀 있었다.

영웅은 와인드업과 함께 2구를 뿌렸다.

쐐애애액—!

빠르게 날아오는 공에 타자의 배트가 돌았다.

쉬리릭—!

공의 궤적이 바뀌면서 밑으로 뚝 떨어졌다.

퍽—!

공이 원 바운드가 됐다.

후웅—!

그 위로 타자의 배트가 지나갔다. 순간적으로 포수의 시야를 가렸지만 박형수의 큰 덩치는 이미 공이 빠져나갈 모든 코스를 막고 있었다.

퍽—!

프로텍터에 맞은 공이 정면으로 떨어졌다.

[좋은 블로킹을 보여주는 박형수 선수!]

어차피 투 스트라이크 상황이다. 주자가 있는 것도 아니었다. 공이 뒤로 빠지더라도 경기에는 지장이 없다.

그럼에도 저런 블로킹을 보여준 이유는 하나다.

'마음껏 던져라.'

투수인 영웅에게 보내는 무언의 메시지였다. 두 사람이 호흡을 맞춘 건 짧은 시간이다. 배터리간의 믿음이 생기기엔 턱없이 부족했다.

그렇기에 실전에서 보여준 것이다.

자신이 어떤 포수인지 말이다.

[유리한 카운트에서 3구 던집니다!]

쐐애애애액—!

영웅의 손을 떠난 공이 존을 살짝 벗어났다.

뻑—!

마지막 순간 공을 포구한 박형수의 팔이 부드럽게 안쪽으로 움직였다. 프레이밍이다.

"스트라이크! 아웃!"

[삼구 삼진! 오늘 삼진을 모두 삼구 삼진으로 잡아내는 강영웅 선수입니다!]

[기가 맥힌 프레이밍이 나와쓰요!]

영웅의 피칭은 다시 분위기를 돌려놓기에 충분했다. 찬스를 날려 버렸던 선수들에게 공이 가지도 않았다. 그들이 멘탈을 다시 잡기에 충분한 시간이었다.

뻑—!

"스트라이크! 아웃!"

[다시 한번 삼진입니다! 9명을 상대하면서 7개의 탈삼진을 잡아내는 강영웅 선수! 대단합니다!]

영웅의 원맨쇼였다.

3회말.

영웅의 활약에 자극을 받기라도 한 걸까? 아니면 타자일 순이 되면서 투수의 공에 눈이 익은 걸까?

타자들이 힘을 내기 시작했다.

딱-!

[2루수 키를 넘기는 안타입니다! 선두 타자가 출루합니다!]

선두 타자의 출루를 시작으로 연속 안타가 터졌다.

순식간에 점수는 4점으로 불어났다.

[한국 대표팀이 쿠바를 두드리기 시작했습니다!]

그리고 마운드에는 영웅이 다시 섰다.

그 어느 때보다 든든했다.

4점이라는 리드를 안은 상황에서 영웅의 피칭은 완벽했다. 구속은 떨어지지 않았고 제구는 흔들리지 않았다.

타자일순이 되면서 쿠바 타자들도 타이밍을 어느 정도 맞춰 나갔다. 하지만 분위기를 다시 가져온 한국 대표팀의 호수비에 번번이 막혔다.

6회 초까지 영웅은 71개의 공을 던지면서 1피안타 무실점 무사사구 완벽한 투구를 이어갔다.

'정말 대단한 녀석이다.'

김인수 감독이 고개를 절레절레 저었다.

'미국에 간 이유가 있었군.'

실제로 보는 건 이번 올림픽이 처음이었다. 하지만 소문은 많이 들었다. 고교 야구에서부터 빠른 공으로 사람들을 놀라게 했으니 말이다.

'미국 진출을 선택했을 때는 안타까웠지만.'

고작 1년.

영웅은 짧은 적응 기간을 끝내고 메이저리그를 호령하기 시작했다.

'한국에 있었으면 좋았을 거야.'

한국이란 나라가 품기에는 너무 큰 선수였다.

무엇보다 이제 갓 20대가 아닌가?

앞으로 얼마나 더 발전을 할지. 아니, 어떤 성적을 쌓아 나갈지 기대가 됐다.

딱―!

그라운드에서 경쾌한 소리가 났다. 타석의 박형수가 성큼성큼 1루로 뛰어가고 있었다. 마치 조깅을 하듯 말이다.

김인수의 시선이 우익수 쪽 하늘로 향했다.

노을이 지는 하늘, 그 가운데 야구공이 담장을 넘어가는 게 보였다.

[아―! 넘어가쓰요!]

[대표팀의 4번 타자! 투런포를 터뜨립니다! 스코어 6 대 0!]

홈런을 확인한 김인수가 투수 코치를 바라봤다.

"구 코치."

"예."

"영웅이 쉬게 하고 승민이 올려."

"알겠습니다."

승기는 넘어왔다. 남은 투수들로 충분히 3회를 막을 수 있다. 그런 판단이 섰다. 그리고 그 판단은 정확했다.

한국 대표팀의 마운드는 굳건했다. 점수를 주기도 했지만 마지막까지 쿠바 타선을 틀어막았다.

딱-!

[평범한 내야 땅볼! 2루수 박정우 잡아서 1루에 송구! 아웃입니다! 경기 끝! 대한민국 대표팀 강적 쿠바를 상대로 6 대 1의 완승을 거둡니다!]

[……거둡니다!]

"꺄아아악!"

승리가 확정되자 수정이 뛸 듯이 기뻐했다.

한혜선 역시 눈가가 촉촉해졌다.

"엄마! 엄마! 저기 영웅이야!"

공을 던질 때도 실컷 봤던 동생의 얼굴이다. 하지만 원 샷으로 다시 비치자 색다르게 느껴졌다.

경기 결과를 알려주는 스코어와 함께 작은 글씨로 '승리투수 : 강영웅'이란 글자가 보였다.

수정은 스마트폰을 꺼내 그 장면을 사진으로 찍었다.

그때 한혜선의 전화가 울렸다.

"여보세요. 응, 언니. 봤어? 고마워. 그러게 말이야. 우리 영웅이가 국가대표라니……."

그 모습을 바라보는 수정의 입가에 미소가 그려졌다.

하지만 전화가 오는 건 한혜선만이 아니었다.

수정의 전화도 곧 불이 나기 시작했다.

카톡-! 카톡-! 카톡-! 카톡-! 카톡-!

지잉-! 지잉-! 지잉-!

잊혀져 가는 널~

메신저와 문자, 그리고 전화까지.

살아생전 이렇게 많은 연락과 축하를 받아보는 건 처음이었다.

[동생 사인 좀 부탁해!!]

[동생 소개시켜 주면 안 돼?]

[수정아! 내 여동생이 영웅이랑 동갑이거든? 연예인 지망생이라 진짜 예뻐! 다리 한번 놓을까?]

[소개팅 시켜줘!]

그리고 부탁까지.

수정은 수많은 연락에 일일이 답장을 하느라 손가락이 부러지는 줄 알았다.

그건 한혜선 역시 마찬가지였다. 퍼펙트게임을 달성했을 때도 이 정도까지는 아니었다.

정말 국가대표라는 게 실감이 나는 순간이었다. 두 사람은 행복한 비명을 지르며 밤늦게까지 축하 인사를 받았다.

미국전.

트리플 A 선수들을 주축으로 꾸려진 미국 대표팀은 대만

전에서 힘을 많이 소모했다. 선발이었던 스탠슨이 일찍 무너지면서 다수의 선발이 나왔다.

거기다가 경기에서도 졌다.

패배의 이유는 분명했다.

컨디션 난조.

선수단 전체의 컨디션이 좋지 않았다.

미국에서 일본까지 반나절이 걸린다. 게다가 시즌 도중 왔다. 당연히 피로가 쌓일 수밖에 없었다.

덕분에 한국 대표팀 역시 손쉽게 미국을 누를 수 있었다.

따악-!

[아아-! 큽니다! 커요!]

박형수의 호쾌한 스윙에 공이 맞아 나갔다.

높게 떠오른 타구가 좌익수 담장을 넘어 버렸다.

[밀어친 타구가 그대로 넘어갑니다!! 8회 말! 달아나는 쓰리런이 터집니다! 이건 결정적이에요!]

스코어는 7 대 2로 벌어졌다.

결정적이었다.

9회 초, 한국의 마무리 김승현이 올라와 세 타자를 깔끔하게 막았다.

안정적인 전력으로 2승을 올렸다.

3전 전승.

한국 대표팀의 조별 리그 성적이었다.

대한민국은 3차전에서 대만전에서 완승을 거두면서 조 1 위로 올라섰다.

조 2위는 미국과 대만을 잡으며 2승 1패로 준결승에 오른 쿠바였다.

[한국 대표팀이 연승행진을 이어가며 2008년 베이징 올림픽의 기적을 재현하는 분위기입니다.]

[투타의 밸런스가 아주 잘 맞고 있습니다. 무엇보다 박형수 선수의 타격감이 매우 좋아요.]

타자 쪽에서 가장 핫한 선수는 단연 박형수였다.

10번의 타석에서 8번 안타를 때려냈다. 8개의 안타들 중 5개가 장타로 이어졌다.

그중에 2개가 홈런이고 말이다.

타점은 무려 7타점이었다.

[마운드 쪽에서 가장 돋보였던 건 김승현과 강영웅 선수입니다.]

김승현.

고척 히어로즈의 마무리다. 평균 구속이 140㎞/h 후반이지만 구위가 좋았다. 3경기 중 두 경기에 등판해 평균 자책점 제로. 피안타 역시 한 개밖에 기록하지 않을 정도로 빼어난 피칭을 이어갔다.

[강영웅 선수는 단 한 번밖에 등판하지 않았지만 임팩트가 대단했습니다.]

[명불허전이더군요. 메이저리그에서 퍼펙트게임을 기록했

던 이유를 알게 됐습니다.]

[세간에서 강영웅 선수의 다음 등판이 언제일지 궁금해하고 있는데요. 두 분은 어떻게 보십니까?]

[준결승전 상대인 네덜란드는 사실 전력이 우리 대표팀보다 한 수 아래입니다. 아마 그 경기보다는 결승전에서 선발로 내세우지 않을까 싶습니다.]

[저도 같은 생각입니다..]

[강영웅 선수 이야기가 나와서 그러는데요. 이번에 일본 대표팀의 타츠야 감독의 인터뷰가 최근 화제였습니다.]

[아, 오오타니보다 구속이 느리기 때문에 공략이 가능하다는 발언 말씀이시군요.]

[예.]

[확실히 평균 구속은 오오타니 선수보다 느립니다. 하지만 강영웅 선수의 공은 구속이 전부가 아니죠.]

[그렇습니다. 공의 묵직함은 결코 오오타니 선수에게 밀리지 않습니다.]

한일의 신경전은 계속 됐다. 결승전에서 만날 것이 분명해 보이는 두 팀이기에 당연한 일이었다.

네덜란드전.
사람들의 예상과 다른 전개가 이어졌다.
딱-!

[아아ㅡ! 삼유간을 꿰뚫습니다! 3루 주자 홈인! 2루 주자도 3루를 돌아 홈으로 파고듭니다! 다시 2점을 내주며 역전을 당하는 한국 대표팀!]

[아쉽습니다. 투 스트라이크를 잘 잡아내고 연속으로 볼을 세 개를 내주더니 실투를 해버렸습니다. 상대 타자도 놓치지 않네요.]

경기는 시작부터 난타전이었다. 양 팀의 선발들이 연속해서 점수를 내주며 7회 현재, 7 대 6의 스코어로 네덜란드가 앞서고 있었다.

'제길……'

김인수 감독이 입술을 깨물었다.

벌써 투수를 4명이나 바꾸고 있었다.

그런데도 타선의 열기는 식지 않았다.

'남은 아웃 카운트는 8개.'

쉽지 않았다.

오늘 같은 경기 흐름이라면 더더욱 말이다.

'강영웅……'

눈은 자연스레 선수 명단으로 향했다.

그곳에 적힌 영웅의 이름이 딱 들어왔다.

많은 감독이 위기의 상황에선 가장 믿음직한 선수를 찾게 된다. 그리고 그 유혹을 이겨내기 어렵다.

'안 돼. 믿어야 한다.'

감독의 선택은 둘 중 하나다.

오늘만 보거나 아니면 뒤를 생각하거나.

김인수 감독은 뒤를 생각하기로 결정을 내렸다.

"구 코치."

"예."

"김승현이 준비하라고 해."

"벌써 말입니까?"

"그래."

말뜻을 이해한 구 코치가 고개를 끄덕였다.

"알겠습니다."

그러고는 불펜에 전화를 걸었다.

그러자 수석 코치인 이장우가 다가왔다.

"영웅이를 올리는 게 낫지 않겠습니까?"

아끼다가 똥 된다.

이장우의 머릿속엔 그 생각이 있었다.

하지만 김인수는 굳건했다.

"결승도 염두에 둬야 돼."

그 말인즉슨 영웅을 가장 믿는다는 이야기였다.

그만큼 첫 등판의 임팩트가 강렬했다.

[여기서 투수 교체입니다. 대표팀의 마무리, 김승현 선수가 마운드에 오릅니다!]

[승부수를 던지는군요.]

결과적으로 김승현의 등판은 옳았다.

그는 9회까지 8개의 아웃 카운트를 38개의 공을 던져 막아 냈다.

빽ㅡ!

"스트라이크! 아웃!"

[여덟 번째 아웃 카운트를 삼진으로 잡아내는 김승현! 대단합니다!]

투구 수가 많아 다음 경기의 등판이 어려워졌다.

일단은 한숨을 돌렸지만 점수는 여전히 뒤쳐진 상황.

한국 대표팀의 마지막 공격이 중심 타선으로 이어졌다.

[투 아웃에 주자 만루! 그리고 타석에는 박형수 선수가 들어섭니다!]

야구는 9회 말 투 아웃부터. 끝날 때까지 끝난 것이 아니다.

아마도 야구 관련 명언 중 가장 유명한 말들일 것이다.

박형수는 그 말을 증명했다.

따악-!

[3구를 통타!!]

빨랫줄 같은 타구가 좌중간으로 날아갔다.

좌익수가 전력 질주해 타구를 쫓았다.

탁-!

몸을 날렸다.

슈퍼맨과 같은 포즈로 글러브를 뻗었지만 약간 짧았다.

퍽-!

[떨어졌습니다!! 3루 주자…… 2루 주자까지 여유 있게 홈으로 들어옵니다!! 게임 셋! 대한민국 대표팀 결승전에 진출합니다!!]

극적인 승리였다.

7장
금메달을 목에 걸다

결승전 진출.

하지만 후유증이 컸다.

"김승현도 일단 불펜에서 대기하겠지만 회복하긴 힘들 것으로 보입니다."

"으음……."

38개의 공.

마무리 투수에게는 한계를 넘어서는 투구였다. 다른 투수들 역시 마찬가지였다.

네덜란드전에서 생각지도 못하게 투수의 소모가 많았다.

"영웅이가 잘 던져 주길 바라야겠군."

"어깨가 무거워지겠네요."

"그래도 이틀의 시간이 있으니 애들 푹 쉬게 하고 결승전에서는 모두 대기시켜 둬."

"알겠습니다."

마지막 경기다.

경기가 어떻게 풀릴지 모르지만 미리 대비는 해둬야 했다.

"일본은 하야테가 올라오겠지?"

"그럴 겁니다. 오늘 경기에서도 올라오지 않았으니까요."

하야테.

한신 타이거즈의 에이스다.

고교 시절 이미 최고 구속 158㎞/h, 평균 구속 150㎞/h 초중반을 찍던 강속구 투수였다.

전체 1순위로 한신에 지명이 된 이후 더 성장 했다. 오오타니의 메이저리그 진출 이후 현재까지 일본 최고의 투수로 군림하고 있었다.

"강속구 대 강속구의 대결이 되겠군."

두 선수는 모두 파워 피처였다.

사람들은 강속구의 승부가 될 것이라 예상했다.

[드디어 결전의 날이 밝았습니다! 도쿄 올림픽 결승전! 단 하나의 금메달을 얻기 위한 마지막 승부가 열리는 도쿄돔에서 인사드립니다!]

영웅이 마운드에 섰다.

"우우우우─!"

관중석에서 야유가 쏟아졌다.

어웨이.

그것도 완벽한 적진에서의 싸움이었다.

메이저리그에서의 어웨이와는 전혀 다른 분위기였다.

'우리 관중들도 있지만…….'

일본 관중의 숫자가 압도적이었다.

듣기로는 한국 팬이 오천 명가량 찾았다고 했다. 도쿄돔의 수용 인원이 오만 오천 명이니 남은 5만 명이 모두 적이란 소리였다.

회상체"어웨이를 두려워하지 마라. 너에게 야유를 보내는 사람들의 입을 다물게 하는 순간을 즐겨!"

사이 영의 조언이었다.

영웅의 입가에 미소가 그려졌다.

[강영웅 선수, 웃고 있네요. 정말 대단한 배짱입니다.]

[그러게 말입니다. 강심장도 저런 강심장은 처음 봅니다. 5만 명의 야유에도 저런 미소를 지을 수 있다니 말이죠.]

식전 행사가 모두 끝났다.

타석에 일본 대표팀의 리드 오프가 들어섰다.

"플레이볼!"

곧 구심의 사인이 떨어졌다.

영웅이 상체를 숙이고 박형수의 사인을 받았다.

일본의 리드 오프 리쿠토가 정신을 집중했다.

'구속은 150㎞ 중반 정도다. 충분히 때릴 수 있다. 메이저

리그에서 날아다녔다지만 우리에겐 통하지 않는다.'

리쿠토는 극단적으로 배트를 짧게 쥐었다.

[리쿠토 선수는 일본에서 출루율 4할 7푼을 기록하고 있습니다. 사구 역시 리그 1위를 달리고 있을 정도로 선구안이 좋은 선수입니다.]

'어떤 공이라도 던져 봐!'

영웅이 상체를 폈다. 풀 와인드업 포지션에서 다리를 차올렸다. 상체를 비틀자 리쿠토의 미간이 일그러졌다.

'정말 독특하군.'

비틀림이 풀리면서 본격적인 회전이 시작됐다.

'보이지 않는다!'

디셉션이 좋았다. 공의 위치를 확인할 수 없었다. 허리의 회전이 거의 끝나갈 때쯤 영웅의 상체가 모습을 드러냈다. 그러면서 동시에 공이 그의 손을 떠났다.

쐐애애애액-!

뻑-!

공이 몸 쪽을 날카롭게 찔렀다.

리쿠토는 움직이지 못했다.

'가…… 갑자기 나타났다.'

타자의 입장에선 그렇게 보였다. 공이 갑자기 나타나 날아오는 느낌이었다.

"볼!"

구심은 볼을 선언했다.

'몸 쪽이 빡빡하네.'

박형수는 구심의 스트라이크존을 확인하며 영웅에게 공을 던졌다.

스트라이크존은 항상 일정하지 않다.

구심의 스타일에 따라 언제나 달라진다.

그걸 파악하는 건 투수와 포수가 해야 될 일이었다.

'메이저리그 스타일이라 이건가?'

오늘 구심은 미국인이었다.

'영웅이의 말이 맞네.'

경기 전.

영웅은 구심의 스트라이크존이 몸 쪽으로 빡빡할 거란 이야기를 했다.

예상은 정확했다.

'그렇다면 이쪽이지.'

박형수가 사인을 냈다.

영웅이 고개를 끄덕이고 공을 던질 준비에 들어갔다.

그 모습을 확인하고 슬금슬금 바깥쪽으로 걸어갔다.

포수가 움직일 때는 소리가 날 수밖에 없다.

지척에 있는 타자가 그 소리를 못 들을 수가 없다.

그렇기에 움직일 때도 조심스럽게 공을 던지기 직전에 움직여야 했다.

박형수가 자리를 옮겼을 때.

영웅이 공을 던졌다.

쐐애애액-!

빠르게 날아오는 공에 리쿠토가 시동을 걸었다.

콤팩트한 궤적을 그리며 배트가 빠르게 존의 바깥쪽을 향해 오고 있었다.

그 순간 공의 속도가 줄었다.

동시에 궤적이 밑으로 그리고 바깥쪽으로 휘어 나갔다.

후웅-!

배트가 허공을 갈랐다.

퍽-!

직후 공이 미트에 박혔다.

"스트라이크!"

[체인지업으로 카운트를 잡아냅니다!]

[아~ 멋진 궤적을 그리는 체인지업이었어요. 좌타자인 리쿠토 선수로서는 칠 수 없는 공이었습니다.]

영웅이 3구를 준비했다. 박형수의 사인에 고개를 끄덕이고 와인드업을 했다.

그리고 공을 던졌다.

쐐애애애액-!

이번에도 똑같은 코스로 날아왔다.

'두 번은 안 속는다!'

리쿠토의 배트는 돌지 않았다.

그리고 공도 방향을 바꾸지 않았다.

뻑-!

"스트라이크! 투!"

[직전에 던진 체인지업과 같은 코스로 날아왔어요. 잔상이 남아 있기에 타자의 배트가 나올 수 없었습니다!]

머리가 혼란스러워졌다.

'무슨 제구력이……!'

파워 피처라는 인식이 강한 영웅이다.

한데 방금 전 던진 두 번의 피칭은 너무나도 완벽히 제구되어 있었다.

"후우……!"

리쿠토가 당황하는 사이.

영웅이 투구 준비를 끝냈다.

'타이밍을 뺏겼다!'

아직 마음의 준비가 안 됐다.

그런 상황에서 영웅은 이미 키킹을 하고 있었다.

'제길!'

촤앗-!

영웅의 손이 채찍처럼 허공을 때렸다.

쐐애애애액-!

공이 두 사람의 공간을 줄이며 빠른 속도로 날아왔다.

'가운데!'

리쿠토가 회심의 미소를 지었다.

돌아가는 배트가 매서웠다.

그 순간 공이 리쿠토의 시야에서 사라졌다.

'헉!'

퍽-!

공이 홈 플레이트 위를 때렸다.

후웅-!

그 위로 배트가 돌았다.

원 바운드 되는 공을 박형수가 몸으로 막았다. 빠른 움직임으로 공을 잡아 1루로 뛰려던 리쿠토의 엉덩이를 터치했다.

퍽-!

"아웃!"

[어려운 첫 타자를 삼진으로 잡아내는 강영웅 선수!]

[스플리터가 제대로 떨어졌어요. 타자는 갑자기 공이 사라지는 걸로 보였을 겁니다.]

2번 타자가 타석에 들어섰다.

영웅은 연달아 스트라이크존에 공을 꽂아 넣었다.

뻥-!

"스트라이크!"

딱-!

"파울!"

퍽-!

"볼!"

[볼 카운트 원 볼 투 스트라이크! 투수에게 유리한 카운트가 이어집니다!]

[포심 패스트볼이 약간 빠졌어요. 오늘 구심의 몸 쪽 존은 매우 좁습니다.]

[박형수 선수가 사인을 내고 바깥쪽으로 앉는군요.]

영웅이 슬라이더 그립을 잡았다.

좌앗-!

풀 와인드업 포지션에서 다리를 차올렸다. 비틀었던 상체를 풀면서 팔을 반원으로 돌렸다. 릴리스 포인트에서 공을 때리려는 순간, 검지에 힘을 주어 실밥을 챘다.

쐐애애애액-!

공이 빠른 속도로 날아갔다.

후웅-!

타자의 배트가 돌았다.

그 순간 공의 궤적이 바깥으로 흘러 나갔다.

뻑-!

"스트라이크! 아웃!"

[두 타자 연속 삼진을 잡아냅니다!]

[이야~ 슬라이더의 구속이 148㎞가 나왔습니다. 저런 고속 슬라이더는 칠 수가 없어요!]

세 번째 타자 역시 삼진으로 물러났다.

세 타자 연속 삼진.

'조용해졌네.'

더그아웃으로 돌아가던 영웅이 걸음을 멈췄다.

경기 전까지만 해도 야유를 쏟아내던 관중석이 조용해졌다.

타자들이 나올 때마다 터져 나오던 함성도 사라졌다.

대신 오천 명의 대한민국 응원단의 목소리가 높아졌다.

"강영웅 멋지다!!"

"네가 최고다!!"

영웅이 그들을 향해 미소를 보이며 더그아웃으로 들어갔다.

경기는 투수전이 됐다.

딱─!

[아─! 평범한 내야 타구가 나옵니다.]

퍽─!

"아웃!"

[아웃 카운트가 또다시 올라갑니다.]

[빠른 공에 대처가 되지 않고 있습니다.]

하야테의 최대 구속은 161㎞/h까지 나왔다.

영웅의 최고 구속보다 4㎞/h가 높았다.

[무엇보다 싱커의 떨어짐이 예사롭지 않습니다. 빠른 공을 노리고 배트를 돌렸는데 공이 떨어지니 번번이 내야 땅볼이 나올 수밖에 없습니다.]

[6회까지 양 팀 득점이 없는 상황, 마운드의 강영웅 선수는 굳건하지만 타선이 터지지 않고 있습니다. 어떻게든 공격의 물꼬를 터야 될 텐데요.]

하지만 기대와 달리 공격은 제대로 터지지 않았다.

딱─!

[아─ 높이 뜬 공, 중견수 거의 제자리에서 잡습니다.]

퍽─!

[세 번째 아웃 카운트가 올라갑니다. 저희는 잠시 후 7회 초에 돌아오겠습니다.]

아나운서의 헤드셋을 통해 PD의 오케이 사인이 떨어졌다.

"후우…… 오늘 공격 진짜 안 풀리네."

"그러게 말이다."

마이크가 꺼진 걸 확인한 아나운서와 해설 위원이 사담을 나누었다.

"하야테 정말 잘 던지지 않아요?"

"공이 묵직해서 실제 구속보다 더 빠르게 보일 거야."

"오오타니를 또다시 보는 거 같네요."

"쩝, 저런 애들이 계속 나오는 일본이 부럽다."

"그래도 우리는 영웅이 있잖아요."

"그러게. 정말 잘 던진단 말이야."

[10초 전입니다.]

"형, 준비요."

해설 위원이 고개를 끄덕였다.

곧 큐 사인이 났다.

[7회 초, 다시 한번 강영웅 선수가 마운드를 오릅니다. 오늘 경기 강영웅 선수는 6이닝 무실점 1사사구 1피안타 탈삼진 11개를 솎아내고 있지 않습니까?]

[무결점 피칭이다. 이렇게 평가하고 싶어요. 정말 대단한 선수입니다.]

오늘도 컨디션이 좋았다.

'공이 제대로 긁힌다.'

안타를 맞았던 건 실투였기에 공이 한복판으로 몰렸다.

그런데도 타구는 뻗어 나가지 못하고 단타로 끝났다.

좌앗-!

다리를 차올린 영웅이 상체를 틀었다. 그리고 몸을 회전시키며 공을 뿌렸다.

쐐애애액-!

뻑-!

"스트라이크!"

[바깥쪽 낮은 코스에 꽂힙니다! 타자는 움직이지도 못합니다!]

영웅의 피칭은 인터넷에서도 화제였다.

한일전.

그것도 올림픽 금메달을 결정짓는 경기이기에 당연한 반응이었다.

-강영웅 괴물이네.

-시원하게 던진다!

준결승전에서 보여주었던 난타전과 다른 명품 투수전이었다.

뻑-!

"스트라이크! 투!"

딱-!

"파울!"

[배트가 밀립니다. 일본 타자들이 전혀 타이밍을 잡지 못하고 있습니다.]

영웅이 다시 와인드업을 했다.

4구를 던지기 위해 다리를 뻗었다.

"흡-!"

전력투구.

그의 팔이 세차게 허공을 갈랐다.

쐐애애애액-!

후웅-!

공이 날아오는 모습에 배트도 돌아갔다.

두 개의 궤적이 하나가 되는 듯했다.

공이 홈 플레이트 위를 막 지나려는 순간, 급격하게 회전이 걸리면서 타자의 몸 쪽으로 파고들었다.

'헉!'

타자가 급하게 팔꿈치를 몸으로 붙였다.

하지만 공이 더 빨랐다.

빠각-!

"큭!"

둔탁한 소리가 났다.

동시에 손이 울리면서 극심한 통증이 찾아왔다.

[배트가 부러지면서 타구 내야를 구릅니다!]

유격수가 앞으로 대시하면서 공을 맨손으로 잡아 그대로 1루로 뿌렸다.

퍽-!

"아웃!"

아웃 카운트가 올라갔다.

[멋진 커터였습니다. 마치 마리아노 리베라 선수의 전성기

시절의 그것을 보는 것 같았어요!]

[오늘 벌써 두 개의 배트를 부러뜨린 강영웅 선수입니다!]

배트의 잔해가 치워지는 사이.

영웅은 몸을 돌려 로진을 손끝에 묻혔다. 그리고 흐트러진 모자를 눌러 고쳐 썼다.

'남은 아웃 카운트는 8개.'

경기 후반이다.

투구 수는 고작 72개였다.

여유로웠다.

보통의 경우라면 말이다.

'남은 투구 수는 18개.'

클리블랜드를 떠나기 전.

레이널드 단장과 미팅을 가졌다.

"KBO와 협의를 했지만 당사자도 알고 있는 게 좋을 거 같아 말씀드립니다. 나갈 수 있는 경기는 두 경기, 그리고 각 경기마다 투구 수는 80구로 제한하겠습니다."

처음에는 반발했다.

하지만 구단의 사정도 있기에 납득할 수밖에 없었다.

그래도 80구는 너무 적었다.

영웅은 레이널드 단장에게 부탁을 해서 90구로 투구 수를 늘렸다.

'어떻게든 9회까진 던진다.'

팀 사정은 잘 알고 있었다. 현재 대표팀에서 믿음직한 투수는 모두 과부하가 걸린 상황이다.

'내가 막는다.'

영웅이 마음을 다잡았다.

'9회까지 가기 위해선 맞혀 잡는 피칭으로 가야 된다.'

피처 플레이트를 밟았다.

상체를 숙이고 박형수의 사인을 받았다.

'바깥쪽으로 흘러나가는 슬라이더.'

고개를 저었다.

'몸 쪽으로 붙이는 체인지업?'

이번에도 고개를 저었다.

'그럼…….'

박형수가 사인을 냈다. 스트라이크존으로 들어오는 코스였다. 구종은 패스트볼.

영웅이 고개를 끄덕였다. 그리고 포지션에 들어갔다.

'이제부터 전력으로 간다.'

남은 투구 수는 18개.

힘을 아낄 이유는 없었다.

영웅이 다리를 차올렸다. 뒤이어 상체를 비틀었다. 공을 잡고 있던 오른손의 전완근이 꿈틀거렸다.

이전과는 다른 힘이 공을 쥐고 있었다.

탁-!

상체의 비틀림을 풀면서 다리를 길게 내디뎠다.

발이 땅에 닿는 순간.

허리를 회전시켰다. 뒤이어 상체까지 회전시키며 그 힘을
그대로 손끝으로 전달했다.

촤앗-!

손끝이 실밥을 그대로 챘다.

쐐애애애애액-!

맹렬한 회전과 함께 공이 날아왔다.

공의 궤적은 존의 가운데 낮은 코스를 노리고 있었다.

'걸렸어!'

타자가 딱 좋아하는 코스였다. 배트가 빠르고 콤팩트한 궤
적으로 그리며 돌았다.

두 궤적이 하나로 일치하는 순간.

딱-!

경쾌한 소리가 났다.

"으윽!"

뒤를 이어 타자의 신음이 박형수에게 들렸다.

공은 높게 떴다.

분명 정타가 된 거 같았는데 타구는 내야를 벗어나지 못
했다.

퍽-!

"아웃!"

2루수가 거의 제자리에서 공을 잡았다.

[두 번째 아웃 카운트가 올라갑니다!]

[정타로 맞은 거 같은데 공이 멀리까지 뻗지 않았네요. 아
마도 살짝 밀린 게 아닌가 싶습니다.]

영웅이 세 번째 타자를 맞이했다.

박형수와 사인을 교환했다.

이번에는 한 번만 고개를 저었다.

[세 번째 아웃 카운트를 잡기 위해 공을 던집니다!]

쐐애애애액-!

딱-!

[때렸습니다! 하지만 이번에도 내야의 평범한 땅볼입니다! 3루수 안정적으로 잡아 1루에 송구! 아웃입니다! 3개의 아웃 카운트를 잡는 데 필요한 공은 단 6개였습니다!]

선수들이 더그아웃으로 들어갔다.

9번 타자부터 공격이 시작됐다.

박형수는 자신까지 기회가 올 수 있기에 프로텍터를 풀고 기다렸다.

그때 영웅이 다가왔다.

"선배님."

"어?"

"다음 이닝에도 공격적으로 가겠습니다."

"당연하지. 우리가 언제 피한 적이……."

"7회 마지막 두 개의 아웃 카운트를 잡을 때처럼요."

박형수가 영웅을 바라봤다.

마지막 두 개의 아웃 카운트. 모두 스트라이크존 가운데에서 아래와 몸 쪽으로 형성되는 공들이었다.

즉, 타자들이 때릴 수 있는 위치였다.

"위험할 수도 있다. 제대로 맞으면……."

아무리 너라도 넘어갈 수 있다, 라는 말이 목젖을 때렸다.

하지만 입 밖으로 내지는 않았다.

"넘어가지 않습니다."

"응?"

"전력으로 눌러 버리겠습니다."

영웅은 전투적인 모습에 박형수가 눈을 동그랗게 떴다.

일상이나 훈련에서는 이런 모습을 보이지 않았다. 아니, 쿠바전에서도 이렇게까지 전투적이지는 않았었다.

나쁘지 않다.

"알았다. 그렇게 가자."

"감사합니다."

지금 상황은 힘겨루기였다.

전투적인 모습으로 상대의 기를 꺾는 것도 중요했다.

7회 말.

한국 타선은 점수를 뽑지 못했다.

삼자범퇴로 이닝이 종료됐다.

8회 초.

영웅이 다시 한번 마운드에 올랐다.

[강영웅 선수, 75번째 공을 던집니다!]

초구부터 패스트볼이었다. 스트라이크존 가운데에서 위쪽을 통과하는 코스였다.

딱-!

"파울!"

[힘 있는 공에 타자들의 배트가 밀립니다!]

[공격적인 피칭에 배트가 나올 수밖에 없습니다. 안 나오더라도 스트라이크가 되니까요!]

영웅은 맞혀 잡는 피칭을 택했다.

상대가 칠 수 있는 코스로 연달아 공을 뿌렸다.

칠 수는 있지만 멀리 나가진 않는다. 공에 힘을 최대한 실었기 때문이다.

뻑-!

"스트라이크!"

[2구, 존을 통과합니다!]

연달아 영웅이 3구를 뿌렸다.

릴리스 포인트에서 마지막으로 실밥을 채는 순간.

악력을 집중해 공을 챘다.

쐐애애애액-!

타자의 배트가 돌았다.

두 번이나 비슷한 코스로 들어오는 패스트볼이다.

궤적은 눈에 익었다.

'멍청이!'

영웅의 어리석음을 비웃었다.

후웅-!

하지만 배트는 공을 낚아채지 못했다.

그의 눈에 공이 배트의 위로 지나가는 게 보였다.

뻐억-!

"쓰트라이크!! 아웃!"

[삼구 삼진!!]

[기가 막힌 라이징 무브먼트입니다.]

두 번째 타자가 들어섰다.

후웅-!

퍽-!

"스트라이크!"

[155㎞의 빠른 공에 배트가 헛돕니다!]

딱-!

[높게 뜬 타구!! 좌익수가 산책하듯 앞으로 걸어 나오며 잡아냅니다! 투 아웃!]

뻐억-!

"스트라이크!!"

[스트라이크존 한가운데를 통과합니다! 허를 찌르는 빠른 공에 타자가 반응하지 못합니다!]

딱-!

"파울!"

[1루 쪽 관중석에 떨어지는 파울입니다!]

딱-!

"파울!"

[이번에는 3루 관중석에 떨어집니다!]

후웅-!

뻐억!

"쓰트라이크!! 아웃!"

[또다시 삼진! 강영웅 선수 탈삼진 13개를 기록하면서 8회

초를 마무리 짓습니다!]

더그아웃에 돌아온 영웅은 휴식을 취했다.

그 모습을 보던 박형수가 자리에서 일어났다. 이번에는 확실히 타순이 돌아온다. 준비를 해야 했다.

그가 더그아웃 입구에서 기다리고 있을 때였다.

투수 코치인 구민태가 보였다.

"감독님."

"여기서는 코치라고 부르라고 했잖아."

조용하게 타이르는 구민태의 말에 박형수가 씩 웃었다.

"죄송합니다, 구 코치님."

"그런데 왜?"

"영웅이가 조금 흥분한 거 같습니다."

"흥분?"

"예, 7회부터 패턴이 조금 바뀌었습니다."

"계속 존에 꽂아 넣더니 그게 네 생각이 아니었어?"

"영웅이 생각입니다."

"으음……."

구 코치가 고민에 잠겼다.

무언가 아는 눈치였기에 박형수가 조용히 되물었다.

"이유를 알고 계십니까?"

주변에 눈과 귀가 있었다.

조용히 이야기했지만 만약이란 게 있기에 박형수를 데리고 구석으로 이동했다.

"사실은……."

그러고는 클리블랜드에서 내건 조건을 말했다.

"그게 정말입니까?"

"뭐 예전부터 그래왔잖아. 놀랄 일은 아니지."

"90개라니."

"아마 그래서 공격적으로 가서 일찍 배트를 이끌어낸 것으로 보인다. 자신이 9회까지는 어떻게든 막기 위해서 말이지."

구 코치가 영웅을 힐끔 바라봤다.

"저 어린 녀석이 벌써부터 팀의 사정을 알고 피칭을 하다니. 정말 대단한 녀석이야."

"후하—!"

박형수가 크게 숨을 내쉬었다.

"왜 그래?"

"쪽팔리잖습니까?"

"응?"

"새파랗게 어린 후배가 팀을 위해 저렇게까지 하는데 지금까지 안타 하나 못 쳤다는 게 말입니다."

오늘 경기 박형수의 성적은 3타석 2삼진 무안타였다.

4번 타자라고 하기에는 좋지 않은 성적이었다.

"야야, 하야테가 너무 잘 던진 거지 그게 네 탓이냐? 괜히 흥분하지 마라. 그러다가 밸런스 깨진다."

박형수의 성격을 잘 알기에 구 코치가 그를 진정시켰다.

"흥분 안 했습니다. 그저 쪽팔릴 뿐입니다."

"얌마! 그게 흥분한 거지!"

"다릅니다."

"형수야! 슬슬 준비해라!"

"예, 가 보겠습니다. 코치님."

박형수가 배트와 헬멧을 들고 더그아웃을 빠져나갔다.

구 코치가 한숨을 내쉬며 그를 바라봤다.

그때 그라운드에서 변화가 일어났다.

딱-!

"와아아아-!"

[쳤습니다! 3루수 라인드라이브! 하지만 놓칩니다! 글러브 맞고 튀어나온 공이 유격수 방향으로! 유격수 잡아서 1루로 던집니다!]

퍼퍽-!

거의 동시에 베이스를 밟고 공이 1루수 미트에 들어왔다.

모든 이의 시선이 1루심에게 향했다.

"세이프!!"

[세이프입니다! 세이프!]

[좋은 기회입니다! 오늘 경기 처음으로 박형수 선수의 앞에 주자가 나갔어요!]

"크흥!"

박형수가 콧바람을 거칠게 내쉬며 타석으로 들어왔다.

[오늘 경기에서 아직 안타가 없는 박형수 선수입니다.]

[그렇기에 더 기대가 됩니다! 이제 터질 때가 됐거든요!]

하야테가 초구를 던졌다. 공이 몸 쪽으로 붙어 왔다. 정확히 말하면 손목 쪽이었다.

빽-!

"볼!"

판정은 당연히 볼이었다.

[아-! 또다시 위험한 공이 들어왔습니다.]

앞선 타석 역시 이런 패턴이었다.

몸 쪽에 깊숙하게 붙여 위협감을 주었다.

[박형수 선수는 손등에 공을 맞으면서 시즌 아웃이 됐던 경험이 있습니다. 아마도 그 사실을 알고 있는 듯합니다.]

그게 3년 전이다.

만약 그 부상이 아니었다면 3년 연속 50홈런은 진즉 기록했을 것이다. 당시도 후반기 30경기가 남은 상황에서 40개의 홈런을 때려냈으니 말이다.

'그래, 그렇게 하면 된다.'

더그아웃의 타츠야 감독이 미소를 지었다.

박형수의 공략법을 생각해 낸 건 그였다.

FA가 코앞인 그에 대한 일본의 관심은 높았다.

정보를 얻긴 쉬웠다.

'평소에는 딱히 트라우마가 없지만 몸 쪽에 공이 극단적으로 붙으면 밸런스가 깨지는 경우가 잦았다.'

그 사실을 알고 첫 상대부터 아예 몸 쪽으로 공을 던지게 했다. 박형수는 피했지만 밸런스를 깨기에 충분했다.

이후에는 삼진으로 물러섰다.

딱-!

그때였다.

경쾌한 소리와 함께 날카로운 타구가 빠르게 그리고 높게 날아갔다.

'안 돼!'

놀란 타츠야 감독이 타구를 좇았다.

타구의 질이 좋았다. 마지막 순간 폴대의 밖으로 휘어 나
갔다.

파울이었다.

[아ㅡ! 정말 아쉽습니다! 여기서 파울이 나오네요.]

[그래도 타구의 질이 좋았습니다! 오늘 나온 스윙들 중 가
장 완벽한 스윙이었어요!]

기대감이 높아졌다.

반대로 타츠야 감독의 불안감은 커졌다. 자리를 박차고 일
어나 포수에게 사인을 냈다.

'다시 한번 몸 쪽에 붙여!'

포수의 사인이 나왔다.

하야테가 고개를 끄덕이고 공을 던졌다.

몸 쪽으로 붙어오는 공이었다.

이전에도 이런 공들이 있었다.

그때마다 박형수는 크게 몸을 틀거나 아예 타석에서 물러
나며 피했다. 겁을 먹은 것이다.

그러나 이번에는 아니었다. 상체만 살짝 비틀어 공을 피
했다.

'뭐지?!'

타츠야 감독의 얼굴이 일그러졌다.

분명 겁을 먹어야 될 상황이다.

그런데 그러지 않았다.

'다시 한번 더! 깊숙하게!'

이전보다 더 깊숙하게 던지라는 사인을 냈다.

하야테는 조금 망설이긴 했지만 그 명령을 충실히 실행했다. 아예 손목까지도 맞을 수 있는 위치였다. 그런데도 박형수는 한 발 뒤로 물러서는 걸로 공을 피했다.

삑-!

"볼!"

[2개의 공이 모두 몸 쪽으로 들어옵니다!]

[너무 고의적인데요. 박형수 선수의 표정도 좋지 않습니다.]

"우우우우-!"

[관중석에서 야유가 쏟아집니다.]

"와아아아아-!"

하지만 야유는 곧 함성에 묻혔다.

5천 대 5만.

상대가 되지 않았다.

도쿄돔 전체를 울릴 정도의 함성이지만 박형수는 개의치 않았다.

'여기서 쫄면 넌 남자도 아니다! 거시기 떼버려!'

스스로에게 말했다. 그리고 다시 타석에 들어섰다.

"크흥!"

콧바람을 크게 내뱉었다.

'뇌리에 남았을 거다.'

타츠야 감독은 그렇게 판단했다.

'잡아버려!'

제대로 된 사인이 나왔다.

투 볼 원 스트라이크.

더 이상 위협구를 던져서는 이도저도 안 될 상황이었다.

하야테가 세트포지션에서 공을 던졌다.

쐐애애애액—!

몸 쪽으로 날아오는 공이었다.

하지만 이번에는 패스트볼이 아니었다.

'휘어라!'

하야테의 마음속 외침과 동시에 공이 휘어져 들어갔다.

고속 슬라이더였다.

그 순간 박형수의 눈이 빛났다.

후웅—!

배트가 시동을 걸었다.

스윙 스피드가 순식간에 정점에 이르렀다.

따악—!

경쾌한 소리와 함께 배트가 박형수의 등 뒤까지 돌아갔다.

휘리릭—!

그리고 배트를 던졌다.

박형수는 KBO에서도 배트 플립이 화려한 선수 중 한 명이었다.

허공에서 서너 번 돈 배트가 땅에 떨어졌을 때.

박형수가 하늘을 향해 주먹을 쳐올렸다.

"와아아아아아아—!"

동시에 관중석과 더그아웃의 동료들이 일제히 환호성을 질렀다.

[간다! 간다! 간다!]

한국 중계석이 떠들썩했다.

카메라가 센터 펜스를 넘어 도쿄돔 2층 관중석에 떨어지는 타구를 잡아냈다.

[넘어갔습니다!! 박형수 선수의 선제 투런포가 8회 말에 터집니다!!]

[으아아아아─! 갔어요! 갔어! 제 말이 맞았죠?! 이제 터질 때가……. 으아아아아! 잘했다! 형수야, 잘했어!]

방송이란 것도 잊은 채 해설 위원이 절규했다.

9회 초.

영웅이 마운드에 올랐다.

스코어는 2 대 0.

실점 이후 하야테는 마운드에서 내려왔다.

하지만 더 이상 점수를 내지 못했다.

[안심할 수 없는 점수 차이긴 하지만 강영웅 선수이기에 믿을 수 있습니다!]

영웅이 와인드업을 했다.

뻑─!

"스트라이크!"

[초구 떨어지는 슬라이더가 존을 통과합니다!]

쐐애애액-!

후웅-!

딱-!

[빗맞은 타구! 높게 뜹니다! 박형수 선수 마스크를 벗고 자리를 잡습니다.]

퍽-!

[안정적으로 포구합니다! 남은 아웃 카운트는 단 두 개!]

"선배님, 여기."

영웅이 마스크를 집어 박형수에게 건넸다.

박형수는 공을 건넸다.

"쌩유. 두 놈 남았다. 후딱 정리하고 맛있는 거 먹으러 가자. 일본까지 왔으니 초밥 어떠냐?"

영웅이 피식 웃었다.

이런 상황에 저런 농담이라니, 짧은 시간이었지만 참 재미있는 사람이었다.

문득 밥 펠러가 떠올랐다.

호탕하면서도 유머 감각이 뛰어났던 그와 오버랩이 됐다.

"선배님이 쏘시는 거죠?"

"크하하! 당연하지. 지금은 내가 너보다 더 번다."

두 사람이 웃으며 각자의 자리로 돌아갔다.

[무언가 이야기를 나누고 헤어지는 두 선수! 무슨 이야기를 했을까요?]

[아마 볼 배합이나, 아니면 너무 긴장하지 마라. 이런 이

야기를 하지 않았을까요?]

전혀 다른 이야기였지만 그걸 중계석에서 알 순 없었다.

"후우……!"

깊게 한숨을 뱉은 영웅이 다리를 차올렸다.

"흡-!"

와인드업과 함께 숨을 참으며 공을 뿌렸다.

쐐애애애액-!

후웅-!

뻐억-!

"스트라이크!!"

[빠른 공에 헛스윙!]

딱-!

1루 방향으로 공이 날아갔다.

1루수가 몸을 날려 그대로 공을 잡았다.

균형이 무너진 상태이기에 급하게 1루를 확인했다.

어느새 영웅이 베이스커버를 하고 있었다.

"나이스!"

토스로 공을 던졌다.

퍽-!

"아웃!"

[나이스 캐치! 그리고 빠른 베이스 커버로 두 번째 아웃 카운트를 잡습니다! 남은 아웃 카운트는 단 하나!]

딱-!

"파울!"

[배트, 늦습니다! 타이밍을 전혀 맞추지 못하네요.]

[강영웅 선수의 디셉션은 매우 좋습니다. 타자의 입장에선 타이밍을 잡기 매우 어려울 것입니다.]

그 말을 증명하듯 또다시 존을 통과하는 공에 배트가 늦었다.

딱─!

"파울!"

[투 스트라이크! 이제 스트라이크 단 하나면 경기가 끝납니다!]

한국 응원단이 모두 자리에서 일어났다.

더그아웃의 선수들 역시 언제든지 뛰쳐나갈 준비를 하고 있었다.

"후우─!"

다시 한번 깊게 숨을 내쉬었다.

피할 생각은 없다.

빨리 경기를 끝내겠다.

'패스트볼.'

꾸욱─!

전완근이 꿈틀거리며 공을 잡은 손에 힘이 들어갔다.

좌앗─!

다리를 차올리며 상체를 비틀었다.

휘릭─!

비틀린 상체를 회전시키며 동시에 허리를 틀었다.

탁─!

땅이 마운드를 내딛었다.

후웅—!

회전을 극대화시킨 영웅이 그 힘을 모두 손끝으로 전달했다.

"흐앗—!"

쐐애애애액—!

기합 소리와 함께 그의 손에서 공이 떠났다.

얼마나 강하게 던졌는지 손끝이 찌릿찌릿했다.

'이번에도 패스트볼이냐?!'

타자가 이를 악물고 배트를 돌렸다.

첫 아웃 카운트 이후 영웅은 모두 패스트볼을 던졌다.

타이밍을 맞추기에 충분할 정도로 봤다.

후웅—!

배트가 돌았고 타이밍이 좋았다. 궤적 역시 일치하는 듯
했다.

'걸렸어!'

타자가 이를 악물고 손목에 힘을 주었다.

한데 배트에 걸리는 게 없었다.

그대로 허공을 갈랐다.

"억!"

뻑—!

과하게 힘을 준 탓에 균형이 무너졌다. 덕분에 주저앉을
수밖에 없었다.

낮아지는 시야 속에 타자의 눈에 높은 위치에서 공을 포구
한 미트가 보였다.

‘라이징…….’

"아웃!"

구심이 가볍게 주먹을 쥐었다.

"크흑!"

졌다는 사실에 타자가 고개를 숙였다.

패자가 있다면 승자도 있는 법.

"강영웅!!"

툭―!

박형수가 마스크를 벗어 던지고 마운드로 달려갔다.

내야, 외야 그리고 더그아웃의 모든 선수 역시 마찬가지
였다.

[삼진으로 이닝을 종료하는…….]

[으아아아아! 금메달! 금메달이에요!!]

[강영웅 선수가 9회까지 정확히 90개의 공을 던지며 완봉
승을 따냅니다!!]

[한국 대표팀이 도쿄 올림픽 야구 결승전에서 일본을 누르
고 금메달을 획득했습니다. 이번 대회 유일한 메이저리거인
강영웅 선수가 9회 동안 단 90개의 공을 던지며 일본 타선을
무력화시켰습니다.]

[강영웅 선수는 올 시즌 메이저리그에서 퍼펙트게임을 기
록했으며 자신이 왜 아메리칸리그 신인왕 유력 후보인지 세

상에 알려줬습니다.]

　[일본 대표팀 타츠야 감독은 자신들은 한국에 진 것이 아
니라 강영웅 선수에게 진 것이라는 인터뷰를 해 논란을 빚었
습니다.]

　[일본 현지 언론들은 일본 야구의 수치라며 타츠야 감독을
맹비난하고 있습니다.]

8장
다시 메이저리그로

영웅은 나리타 국제공항 라운지에 앉아 있었다.

미국으로 가기 위해서다.

원래라면 대표팀과 함께 한국에 들어가야 한다.

하지만 메이저리그는 시즌 도중이다.

한국처럼 시즌 스톱이 된 것이 아니기 때문에 팀에 서둘러 합류 해야 했다.

덕분에 결승전을 치른 뒤 하루를 쉬고 바로 미국으로 가게 됐다.

"피로는 좀 풀렸어요?"

"으으…… 전혀요."

"간밤에 송별회에서 술 마신 거예요?"

최성재의 질문에 영웅이 고개를 저었다.

"한 잔도 안 마셨어요. 형수 형이 못 자게 괴롭혀서 피곤

한 거예요."

송별회는 초밥 집에서 이루어졌다.

그곳에서 1차를 먹고 2차, 3차까지 술자리는 이어졌다. 술을 마시지 않는 영웅에게는 꽤나 괴로운 일이었다.

"그 녀석 술버릇이 좀 고약하긴 하죠."

"그래도 재밌었어요."

진심이었다.

"그럼 다행이네요. 자, 슬슬 출발하죠."

"예."

비행시간이 됐다.

이제 다시 리그로 복귀해야 될 시간이었다.

[강영웅 선수가 메이저리그에 복귀를 했는데요. 바로 빅리그로 합류하는 게 아니라 마이너리그에서 한 경기를 치른다고 하더군요. 왜인가요?]

[컨디션 점검 차입니다. 먼 거리를 이동해야 했고 올림픽 경기에서도 공을 던졌으니 만에 하나라도 컨디션이 무너졌을 가능성도 있거든요. 그걸 방지하기 위해서입니다.]

[그럼 메이저리그 복귀는 언제쯤 할 수 있을까요?]

[아마 마이너에서 한 경기를 치른 뒤 바로 복귀하지 않을까 싶습니다.]

[자, 그럼 다음 질문입니다. 강영웅 선수는 현재 아메리칸

리그 유력한 신인왕과 사이영 상 후보이지 않습니까? 수상 가능성은 어느 정도일까요?]

[확실한 건 사이영 상은 힘들어졌습니다. 강영웅 선수가 올림픽으로 자리를 비운 사이 크리스 세일 선수가 22이닝을 던지면서 3승을 챙겼습니다. 평균 자책점 역시 2.31로 낮추면서 레이스에서 치고 나갔습니다.]

[그럼 어렵다고 보시는군요?]

[그렇습니다. 물론 강영웅 선수가 평균 자책점 부분에서는 크리스 세일 선수보다 낮지만 이닝과 승리에서 뒤처지고 있습니다.]

[그럼 신인왕은 어떻게 될까요?]

[신인왕은 여전히 높은 가능성을 가지고 있습니다. 급격하게 무너지지 않는다면 한국인 최초의 신인왕 획득이 가능할 것으로 보입니다.]

클리블랜드 산하 트리플 A 구단 콜럼버스 클리퍼스의 경기가 열리는 날.

헌팅턴 파크의 관중석이 모두 들어찼다.

마이너리그 경기라고는 해도 평소에 많은 관중이 찾는다. 특히 홈 팀의 경기가 열리는 날이면 수천 명이 경기장을 찾았다.

하지만 만석은 이례적인 일이었다.

게다가 수많은 기자 역시 경기장을 찾았다.

이유는 하나였다.

현 메이저리그에서 가장 뜨거운 선수 중 한 명인 강영웅을 보기 위함이다.

[영웅 강, 마운드에 오릅니다.]

[올림픽에서 매우 뛰어난 피칭을 보여주었던 선수인데요. 결승전에서 단 90개의 공으로 일본 대표팀에게 완봉패를 안겨주었습니다.]

"플레이볼!"

경기가 시작됐다.

마운드 위의 영웅이 사인을 받았다.

고개를 끄덕이고 와인드업에 들어갔다.

[상체를 비트는 투구 폼, 강에게 트위스터라는 별명을 안겨주었죠.]

[힘을 최대한 모으고 거기에 회전력까지 더하는 똑똑한 투구 폼입니다.]

쐐애애애액-!

뻑-!

"스트라이크!!"

[바깥쪽 낮은 코스의 패스트볼, 구속은 95마일이 나왔습니다.]

2구를 연달아 던졌다.

후웅-!

퍽-!

"스트라이크!! 투!"

[떨어지는 브레이킹볼에 배트가 헛돕니다.]

[강은 다양한 변화구를 던질 수 있는 선수입니다. 빠른 슬라이더, 종으로 떨어지는 브레이킹볼, 체인지업, 그리고 스플리터까지. 하지만 그의 주 무기는 바로 빠른 공이죠.]

뻐억-!

"스트라이크! 아웃!"

[첫 타자를 빠른 공으로 삼진을 잡아냅니다.]

영웅은 총 40개의 공을 던졌다.

던질 수 있는 모든 변화구와 패스트볼의 구위를 체크했다.

[4회, 새로운 투수가 마운드에 올라옵니다.]

[강의 교체가 이르긴 하지만 더 이상 던질 이유가 없습니다. 완벽한 컨디션이에요. 다음 경기는 메이저리그에서 보게 될 게 분명합니다.]

예상대로 영웅은 클리블랜드로 이동했다.

메이저리그 콜업이 된 것이다.

하루를 쉬고 구장에 도착했다. 이른 시간이기에 인적이 드물었다. 구장으로 들어서자 직원들이 그를 알아봤다.

"강! 금메달 축하해!"

"결승전 멋졌어."

"이제 다시 신인왕을 위해 달려야지?"

마주치는 직원들마다 축하 인사를 건넸다.

영웅은 화답을 하며 단장의 사무실로 향했다.

"돌아온 걸 환영합니다."

레이널드 단장이 환하게 웃으며 그를 맞이했다.

사무실에는 오커닐 감독 역시 있었다.

"금메달 획득을 축하하네."

"감사합니다. 팀 덕분에 금메달을 딸 수 있었습니다."

세 사람이 자리에 앉았다.

"오늘 보자고 한 이유는 다름이 아니라 다음 등판 일정을 정하기 위해서입니다."

"예정대로라면 4일 뒤 등판을 하겠지만 우리는 3일 뒤 등판을 바라네. 자네의 생각은 어떤가?"

영웅은 로테이션을 떠올렸다. 4일 뒤라면 자신의 순서인 3선발로 마운드에 오르는 것이다.

하지만 3일 뒤라면?

2선발로 마운드에 오르게 된다.

또 한 가지.

홈구장인 프로그레시브 필드에서 공을 던질 수 있다.

'일부러 40개만 던지게 한 건가.'

마이너리그에서부터 미리 준비를 한 듯했다.

40구만 던졌기에 체력은 충분했다.

"저도 그게 좋습니다."

기회가 왔을 때 잡아야 했다.

2선발과 3선발.

숫자 하나의 차이지만 팀에서의 영향력은 전혀 달랐다.

"알겠네. 그럼 로테이션을 그렇게 조정하도록 하지."

이후에는 소소한 대화를 나누었다. 곧 대화가 끝나고 영웅이 사무실을 나섰다. 복도를 걸으면서 아담 윌슨의 얼굴이 떠올랐다.

미안한 마음도 있었다.

윌슨은 언제나 자신에게 잘해주었다.

선배로서, 또는 동료로서 말이다.

'어쩔 수 없는 일이지.'

프로가 된 이후, 누군가를 밀어내는 일을 처음 겪었다.

그렇기에 묘한 감정이 생겼다.

윌슨의 얼굴을 어떻게 볼 건지도 걱정됐다.

하지만 의외로 윌슨은 별다른 반응을 보이지 않았다.

"금메달 축하한다. 내 동료 중에 금메달리스트가 있다는 건 자랑스러운 일이야."

클럽하우스에서 만난 윌슨이 처음으로 한 말이다.

모르고 있는 걸까?

그럴 리 없다.

2선발에서 밀렸다지만 그는 사 일 뒤 등판을 해야 한다. 그 사실을 본인이 모를 리 없었다.

그저 신경을 쓰지 않을 뿐이었다.

'내가 너무 쪼잔했네.'

프로가 된 이후에도 선수들은 경쟁을 한다.

그 사실을 잠깐 잊고 있었다.

"고마워요, 윌슨."

3일 뒤.

영웅은 예정대로 마운드에 올랐다.

[강영웅 선수, 홈에서 미네소타 트윈스를 상대로 마운드에 오릅니다.]

[메이저리그 복귀전이니만큼 좋은 모습을 보여주었으면 좋겠습니다.]

[올 시즌 미네소타를 상대로 2번 등판을 했고 모두 승리를 챙겼던 강영웅 선수입니다.]

첫 번째 타자가 타석에 들어섰다.

구심의 콜이 떨어졌다.

"플레이볼!"

오랜만에 페르나와 호흡을 맞췄다.

하지만 어색함은 없었다.

첫 사인부터 영웅이 원하는 코스, 구종이 나왔다.

"흡-!"

다리를 차올린 영웅이 발을 내디뎠다. 동시에 상체를 회전시키며 그 힘을 이용해 공을 뿌렸다.

쐐애애애액-!

뻑-!

"스트라이크!!"

[초구 94마일의 빠른 공이 몸 쪽으로 붙습니다.]

[여전히 묵직한 구위입니다. 코스 역시 좋았습니다.]

오랜만의 메이저리그 등판, 떨리거나 하진 않았다.

오히려 편안했다.

대표팀에서 던질 때는 부담감도 있었다. 잘해야 된다는 사명감이 어깨를 짓눌렀다.

하지만 메이저리그는 아니다.

'리그 중 하나의 경기다.'

이런 생각을 가지고 던질 수 있었다.

그렇기에 부담감이 덜했다.

뻑-!

"스트라이크!!"

딱-!

"파울!"

딱-!

[높게 뜬 타구! 중견수 제자리에서 잡습니다. 원 아웃!]

[복귀 후 첫 타자이기에 더욱 중요했는데 평범한 플라이로 아웃 카운트를 잡아내는군요. 인상적입니다.]

[클리블랜드 인디언스의 강영웅 선수가 복귀전에서 6이닝 1실점 3피안타 8탈삼진, 최고 구속 97마일을 기록하며 승리투수가 됐습니다. 시즌 11승을 올린 강영웅 선수는 아메리칸리그 신인왕을 위해 다

시 시동을 걸었습니다.]

　메이저리그 정규 시즌 종료까지 한 달이 남았다.

　정상적인 로테이션을 거친다면 영웅은 여섯 번 등판할 수 있었다.

　2번째 등판은 원정 경기였다. 상대는 마이애미.

　5회까지 볼넷 하나를 제외하곤 무결점 투구였다.

　[6회 말, 강영웅 선수가 마운드에 오릅니다.]

　[현재까지 노히트노런을 기록 중인데요. 과연 한 시즌 두 번의 대기록이 가능할지 귀추가 주목됩니다.]

　하지만 메이저리그는 만만한 곳이 아니었다.

　'바깥쪽 낮은 코스.'

　영웅이 페르나의 사인에 고개를 끄덕이고 투구에 들어갔다.

　쐐애애애애액―!

　빠르게 날아오는 공에 페르나의 눈이 커졌다.

　'실투!'

　바깥쪽 낮은 코스를 원했는데 반대로 들어왔다.

　몸 쪽, 게다가 코스도 밋밋했다.

　타자는 놓치지 않았다.

　후웅―!

　딱―!

　경쾌한 소리와 함께 타구가 빠르게 날아갔다.

　[1루수 키를 넘어 떨어집니다! 타구의 방향이 좋습니다. 파울 라인 밖으로 흐르는 공! 그사이 주자, 1루 베이스를 돌

아 2루로 전력 질주 합니다!]

좌아아악-!

"세이프!"

[아쉽습니다. 2루타가 나오면서 노히트가 깨집니다.]

[실투가 들어왔고 그걸 잘 때렸습니다. 메이저리그에서는 실투 하나가 나오면 큰 걸로 연결이 될 가능성이 높습니다. 조심해야 돼요.]

안타는 언제든지 나온다. 퍼펙트, 노히트를 진행 중일 때도 마찬가지다.

중요한 건 그 이후다.

기록이 깨졌다는 허무함을 이겨내야 했다.

"후우-!"

영웅은 크게 숨을 내쉬었다. 그리고 다시 마운드에 섰다.

아무렇지 않은 표정으로 말이다.

'떨어지는 슬라이더.'

영웅이 페르나의 사인에 고개를 끄덕였다. 피처 플레이트를 밟고 세트포지션에 들어갔다.

고개를 돌려 2루 주자를 노려봤다.

주자의 균형이 2루 베이스로 향하는 순간.

고개를 돌리며 다리를 뻗었다.

"흡-!"

쐐애애액-!

딱-!

[초구부터 배트 나옵니다! 하지만 빗맞은 타구! 유격수 잡

아 주자를 눈으로 잡아두고 1루로 던집니다.]

퍽-!

[아웃 카운트가 올라갑니다.]

[종 슬라이더가 매우 잘 들어왔습니다. 홈 플레이트 앞에서 변화가 이루어지기 때문에 빗맞은 타구가 잘 나오죠.]

세 번째 타자를 상대하기 위해 사인을 교환했다.

그사이 수비수들도 바쁘게 움직였다.

[외야 수비들이 오른쪽으로 치우칩니다.]

[강영웅 선수가 몸 쪽으로 던져주면 좋겠는데요.]

사인을 받은 영웅이 공을 뿌렸다.

예상대로 몸 쪽으로 들어가는 패스트볼이었다.

타자도 알고 있었는지 배트를 뻗었다.

딱-!

[잘 맞은 타구! 하지만 뻗지는 않습니다. 우익수 뒤로 물러났다가 앞으로 달려오면서 공을 잡습니다. 동시에 2루 주자 태그업! 우익수도 바로 던집니다!]

주자는 뒤를 보지 않았다. 오직 코치의 동작만 확인한 채 달렸다.

코치가 양손을 들어 밑으로 내렸다.

슬라이딩 사인이었다.

주자가 몸을 날렸다. 그의 머리 위로 공이 지나갔다.

우익수 위치에서 노바운드로 3루수의 글러브에 꽂혔다.

퍽-!

포구를 한 3루수가 곧장 글러브를 밑으로 내렸다.

퍽―!

주자의 어깨에 태그가 됐다.

"아웃!"

[엄청난 송구가 나왔습니다! 우익수 파커 선수의 강력한 어깨가 세 번째 아웃 카운트를 잡아냅니다!]

[정말 대단하네요. 저 거리를 노바운드로 송구해 주자를 잡아내다니.]

감탄이 절로 나오는 수비였다.

[또다시 무실점으로 이닝을 막아내는 강영웅 선수! 승리투수의 요건을 갖추게 됩니다!]

영웅은 1이닝을 더 막아내며 7이닝 무실점 9탈삼진으로 시즌 12승을 올렸다.

"강! 이건 뭐야?"

프로그레시브 필드 클럽하우스.

우익수 데릭 파커가 영웅에게 물었다.

그의 손에 들려 있는 건 초코파이였다.

"초코 케이크야. 안에 머시멜로우가 들어 있어."

"와우! 내가 정말 좋아하는 건데?"

파커의 라커룸 앞에는 우체국 마크가 있는 택배 상자가 놓여 있었다.

그만이 아니었다.

페르나나 다른 선수들 역시 택배 상자가 쌓여 있었다.

모두 한국에서 보낸 것이다.

"휘유—! 이런 풍경은 정말 오랜만에 보는군."

"새드릭."

인디언스 구단 직원이자 클럽하우스 매니저인 새드릭이 영웅을 보며 미소를 지었다.

"추가 있을 때도 저런 선물이 자주 들어왔었지."

"그래요?"

"덕분에 우리들이 바빠졌어."

"하하."

택배는 매일 같이 쏟아졌다.

덕분에 선수들 직원들이 행복한 비명을 질렀다.

선물을 받아서일까?

이상하게도 영웅이 등판을 하는 날이면 타자들이 힘을 냈다.

딱—!

[쳤습니다! 타구가 좌중간을 가릅니다! 2루 주자 홈인! 페르나 선수는 2루까지 서서 들어갑니다! 1타점 2루타로 오늘 경기 멀티히트를 기록하는 페르나 선수!]

[역시 강영웅 선수의 특급 도우미입니다.]

[최근 경기에서 부진해서 걱정을 했지만 중요한 순간에 점수를 내주네요.]

3점의 리드.

점수를 등에 업자 영웅의 피칭은 더욱 공격적으로 변했다.

뻑—!

"스트라이크!! 아웃!"

[배트 헛돕니다! 탈삼진 7개를 기록하는 강영웅 선수!]

7이닝 1실점 7K를 기록하며 영웅은 마운드에서 내려왔다.

8회와 9회.

불펜 투수들이 힘을 내주며 영웅의 승리를 지켜줬다.

빡—!

"스트라이크! 아웃!"

[마지막 아웃 카운트가 올라갑니다. 강영웅 선수, 시즌 13승을 기록하게 됩니다!]

[아메리칸리그 신인왕을 위한 독주!]

영웅과 관련된 기사 제목이었다.

기사는 정확했다.

현재 아메리칸리그 신인왕 후보는 총 4명이었다.

그중에 투수가 3명, 외야수가 1명이다.

투수들 쪽에서는 영웅이 압도적이었다. 대부분의 주요 기록에서 경쟁자들을 앞서고 있었다. 유일하게 2위를 기록하고 있는 것이 다승이었다. 경쟁자인 코레타가 15승으로 신인왕 후보들 중 1위를 달리고 있었다.

하지만 탈삼진, 최다 이닝, WHIP 등등 모든 부분에서 영웅이 앞서고 있었다. 특히 182개의 탈삼진 기록하고 있어 곧

200개를 넘길 것으로 기대됐다.

유일한 경쟁자라 할 수 있는 건 타자인 라파엘이었다. 도미니카 공화국 출신으로 1,200만 달러라는 엄청난 돈을 받고 뉴욕 양키스와 계약한 선수였다.

지난 시즌 120타석을 기록하고 마이너리그에 내려갔던 그는 올 시즌에도 신인왕 자격을 유지했다.

그리고 괴물 같은 성적을 기록 중이었다.

타율 3할 3푼 1리, 홈런 31개, 도루 25개, 110타점 등.

타격 전 부문에 있어 고른 성적을 내고 있었다.

최근의 상승세는 영웅이 더 좋았다. 복귀 이후 3경기에서 모두 승리를 챙기며 어느덧 시즌 13승을 올리고 있었다.

그리고 14승을 올리기 위해 캔자스시티와의 경기에서 모습을 드러냈다.

뻑-!

"스트라이크!!"

[94마일의 빠른 공이 존을 통과합니다.]

[오늘 경기 구속은 떨어졌지만 좋은 제구력과 구위로 타자들을 잡아내고 있습니다.]

[아무래도 첫 시즌이다 보니 시즌 후반, 체력이 떨어졌다고 봐야겠죠?]

[그렇습니다. 최근 두 경기에서 평균 구속이 2마일가량 하락했고 최고 구속은 3마일이 떨어졌습니다. 또한 외야로 가는 타구 역시 이전보다 17퍼센트가량 증가 했죠.]

딱-!

[체인지업을 때렸지만 높게 떠오릅니다. 좌익수 앞으로 오면서 안정적으로 잡아냅니다. 원 아웃!]

[시즌 초중반만 하더라도 강속구로 윽박지르던 강영웅 선수인데요. 구속이 떨어지기 시작하니 맞혀 잡는 피칭을 시작했습니다.]

영웅은 구속에 집착하지 않았다.

"떨어진 구속을 끌어올리려 무리하다가는 부상의 위험이 있다."

꿈의 그라운드에서 배운 것이다.

'펠러의 이야기대로 시즌 후반이 되니 체력이 떨어졌다.'

영웅은 일부러 구속을 더 줄였다. 대신 제구력을 높였다. 야구를 처음 배울 때처럼 스트라이크존을 쪼개 그곳을 목표로 공을 뿌렸다.

"흡-!"

쐐애애액-!

뻑-!

"스트라이크!"

[바깥쪽 낮은 코스에 꽂히는 93마일의 빠른 공! 날카로운 제구력으로 카운트를 잡습니다.]

"후우-!"

영웅이 숨을 고르고 다시 공을 던졌다.

쐐애애애액-!

방금 전과 비슷한 코스였다.

타자의 배트가 나왔다.

후웅—!

뻑—!

"스트라이크! 투!"

[멋진 제구력입니다! 첫 번째 공에 비해 공 한 개 정도 빠지는 곳에 꽂힙니다.]

[구속을 낮추니 제구력이 한층 더 날카롭습니다.]

세 번째 공을 던지기 위해 와인드업을 했다.

"흡—!"

쐐애애애액—!

이번에도 빠른 공이 날아갔다.

코스는 이전과 같았다.

타자는 고민하다 배트를 내밀었다.

하지만 늦었다.

딱—!

[빗맞은 타구! 내야를 구릅니다. 유격수 잡아 1루에 송구, 아웃입니다. 두 번째 아웃 카운트를 올리는 강영웅 선수입니다.]

그때 아나운서에게 한 장의 종이가 건네졌다.

[아, 타구장 소식입니다. 뉴욕 양키스의 라파엘 선수가 베이스 러닝 도중 부상을 입어 교체되었습니다. 부상이 크지 않았으면 좋겠는데요.]

[루키 시즌 30홈런 30도루를 기록하기 위해 최근 무리한 주루 플레이가 자주 나오기 했는데…… 아쉽게 됐습니다.]

부상으로 경쟁자가 사라진 영웅은 이날 노련한 피칭을 선보이며 6이닝 4탈삼진 1실점 승리투수가 됐다.

시즌 14승을 올리며 다승부문에서 코레타를 턱밑까지 추격했다.

클리블랜드 인디언스는 포스트 시즌에서 멀어졌다. 그렇기에 언론의 포커스는 영웅의 신인왕 여부에 초점이 맞춰졌다.

[미네소타 트윈스를 상대로 등판한 영웅 강이 시즌 16승을 올렸다. 남은 일정을 고려했을 때 1번의 등판이 더 가능한 상황, 경쟁자 라파엘의 부상으로 사실상 신인왕 독주체제가 된 영웅 강이 남은 시즌 어떤 모습을 보여줄지 기대된다.]

영웅의 아메리칸리그 신인왕은 확정적인 분위기였다.
하지만 한국에서는 다른 기록 역시 탐내고 있었다.

[동양인 투수 루키 시즌 최다승을 이룰 수 있을까?]

동양인 루키 시즌 최다승은 2012년 다르빗슈 유가 기록한 16승이었다. 영웅은 기록 경신을 위해 휴스턴과의 경기에 등판했다.

5회까지 양 팀은 득점이 없었다.

투수전이 된 것이다.

최근 오커닐 감독은 영웅을 보호하고 있었다. 그래서 이닝을 짧게 짧게 던지게 했다. 투구 수가 적더라도 6이닝에 교체하려는 이유였다.

'점수가 나야 하는데……'

투수의 승리는 묘한 것이다.

아무리 잘 던지더라도 동료들이 점수를 내지 못하면 승리 투수가 되지 못한다.

그래서 최근 권위 있는 상에서 다승 부문의 영향력이 약해지고 있었다. 그렇다 하더라도 일반 팬들에게 승리는 선수를 평가할 수 있는 쉬운 성적 중 하나였다.

[타석에 1번 파커 선수가 들어섭니다. 앞선 타석에서 삼진 1개, 볼넷 1개를 기록했습니다.]

빡-!

"스트라이크!"

첫 번째 공을 그냥 흘려보낸 파커가 배트를 짧게 쥐었다.

쐐액-!

딱-!

[잘 맞은 타구! 유격수 키를 넘는 안타입니다.]

[가볍게 맞혀서 안타를 때려내는 파커 선수, 영리한 타격이었습니다.]

2번 타자가 타석에 들어섰다.

오커닐 감독의 손이 바쁘게 움직였다.

작전이 나왔다.

딱-!

초구부터 배트가 돌았다.

[주자는 달리고 타자는 쳤습니다!]

히트 앤드 런이었다.

타구는 평범한 내야 땅볼이었다.

유격수가 잡아 2루를 힐끔 바라봤다. 이미 파커가 베이스를 향해 슬라이딩을 하고 있었다.

'늦었다.'

짧은 시간에 정확한 판단을 내렸다.

공은 곧장 1루로 향했다.

퍽-!

"아웃!"

[아웃 카운트는 올라가지만 타자는 득점권에 도착했습니다.]

3번 타자 페르나가 타석에 들어섰다.

'강의 기록이 걸린 경기다.'

그만이 아니었다.

클리블랜드 동료들은 영웅의 기록을 의식하고 있었다. 단한 번만 이룰 수 있는 기록이기에 신경 쓸 수밖에 없었다.

특히 영웅과 친한 페르나는 더더욱 말이다.

[앞서 두 타석에서는 병살타와 외야 뜬공으로 물러났던 페르나 선수입니다.]

최근 타격감이 좋지 않았다. 시즌 후반 들어 체력 저하가심한 것이다. 포수라는 포지션으로 풀 시즌을 치렀으니 당연한 일이었다.

뻑-!

후웅-!

"스트라이크!!"

[배트 스피드가 많이 떨어졌네요. 확실히 체력이 떨어진 게 느껴집니다.]

딱-!

"파울!"

[빠른 공에 제대로 대처를 못 하고 있어요.]

픽-!

"볼!"

[배트 나가다 멈춥니다. 원 볼 투 스트라이크!]

타석에서 물러나 배트를 휘둘러 스윙을 체크했다.

'기회다.'

볼 카운트는 몰린 상황.

하지만 페르나는 이걸 기회로 생각했다.

'선구안은 괜찮다. 하지만 스피드는 떨어졌다. 그렇다면 패스트볼로 승부를 건다.'

페르나는 자신이 포수라고 가정했다. 그리고 상상으로 투수를 리드했다. 자신이라면 그렇게 간다.

'패스트볼을 노린다.'

자신이라면 몸 쪽을 날카롭게 찌를 것이다.

스윙 스피드가 느려졌다면 몸 쪽을 대처하기 어려울 테니 말이다.

[페르나 선수 다시 타석에 섭니다. 사인을 교환하고 투수

세트포지션에서 주자를 눈으로 묶어둡니다. 그리고 공, 던집니다.]

쐐애애액-!

투수의 손에서 공이 떠나는 순간, 페르나가 다리를 내디뎠다.

보통의 스탠스가 아닌 오픈스탠스였다.

오픈스탠스의 경우 몸 쪽의 공에 잘 대처할 수 있다.

또한 배트도 짧게 잡았다. 평소에는 길게 잡지만 스윙 스피드를 높이기 위한 선택이었다.

딱-!

[쳤습니다!! 좌중간을 가르는 장타 코스! 2루 주자, 3루를 돌아 여유롭게 홈으로 들어옵니다! 그사이 페르나는 2루까지! 선취점을 뽑아내는 인디언스!]

이후 1점을 더 뽑아내고 공수 교대가 됐다.

71개의 공을 던진 영웅이 다시 한번 마운드에 올랐다.

'마지막이다.'

이번 경기를 끝으로 더 이상의 등판 계획이 없었다.

첫 번째 시즌이 끝나는 것이다.

"흡-!"

쐐애애애액-!

딱-!

"파울!"

[95마일의 빠른 공을 커트해 냅니다.]

딱-!

[잘 맞은 타구! 2루수 몸을 날립니다! 그리고…… 잡습니다! 환상적인 캐치! 일어나서 1루로 송구, 아웃입니다!]

좋은 수비가 나왔다.

영웅이 올라오는 날이면 타격이든 수비든 힘을 내는 선수가 많았다.

처음에는 그렇지 않았다. 퍼펙트게임 이후부터 그런 일이 잦아졌다. 그리고 올림픽 이후 돌아오니 확실히 그런 걸 느낄 수 있었다.

"흡-!"

쐐애애액-!

뻑-!

"스트라이크!!"

영웅은 전력을 다했다.

마지막 경기이니만큼 다음을 기약할 이유는 없었다.

덕분에 구속이 다시 올라왔다. 최근 힘이 떨어지는 걸 느끼고 맞춰 잡는 피칭을 한 덕분이다.

[구속이 다시 살아나고 있는 강영웅 선수, 이왕이면 탈삼진을 추가했으면 좋겠습니다.]

[단 1개만 더 추가하면 2012년 다르빗슈 유 선수가 기록했던 221개 탈삼진과 타이를 이루게 됩니다.]

원 볼 투 스트라이크.

영웅이 와인드업을 했다.

"흡-!"

발이 마운드에 닿는 순간 숨을 참았다. 모든 힘을 모아 손끝에 전달했다.

뻐억–!

후웅–!

"스트라이크! 아웃!"

[헛스윙 삼진!! 탈삼진 221개로 다르빗슈 선수와 어깨를 나란히 하게 됩니다.]

영웅은 7회까지 투구를 이어갔다.

공 하나하나를 전력으로 뿌렸다.

뻐억–!

"스트라이크! 아우우우웃!"

[연속 탈삼진을 기록하는 강영웅 선수! 탈삼진을 224개까지 늘립니다!]

[메이저리그 루키 시즌 가장 많은 탈삼진을 기록한 동양인으로 기록이 되겠네요.]

8회.

영웅은 마운드에 오르지 않았다.

[여기서 투수가 교체됩니다.]

[마지막 경기이니만큼 조금 더 던져 주길 바랐지만 오커닐 감독은 무리를 시키지 않는 쪽을 선택합니다.]

아이싱을 끝낸 영웅이 다시 더그아웃으로 돌아왔다.

'아웃 카운트 4개.'

어느덧 2개의 아웃 카운트가 올라가 있었다.

4개만 더 올라가면 시즌 17승을 이루게 된다.

'아시아인 루키 시즌 최다 승리.'

사실 그리 큰 비중이 있는 타이틀은 아니었다.

하지만 역사적인 가치는 있다. 자신의 이름이 메이저리그의 역사에 남게 되는 것이니 말이다.

'꿈의 그라운드에 들어가는 최소한의 조건이 명예의 전당이다. 그렇다면 다른 조건들도 있을 게 분명해.'

메이저리그 진출 이후 영웅은 그 조건들에 대해 생각해 봤다.

여러 자료도 찾았다. 인터넷을 통해 자신이 아는 레전드 플레이어들의 이름을 검색했다. 그리고 한 가지 공통점을 찾았다.

'그들 모두 역사에 남은 위대한 선수들이었다.'

확실한 건 아니다.

잭의 경우 정보를 찾을 수 없었으니.

하지만 과반수 이상이 해당됐다.

그렇기에 역사에 자신의 이름을 남기고 싶었다.

되도록 많이 말이다.

뻐억-!

"스트라이크! 아웃!"

9회 첫 번째 아웃 카운트가 올라갔다.

마운드에는 올 시즌 인디언스의 뒷문을 확실히 막아준 데런이 올라와 있었다. 만약 데런까지 없었다면 인디언스는 중부 리그 꼴등이 됐을 게 분명하다. 그만큼 데런의 승리 공헌도는 매우 높았다.

딱-!

퍽-!

"아웃!"

[남은 아웃 카운트는 단 하나!]

영웅이 긴장된 얼굴로 그라운드를 지켜봤다.

데런이 와인드업을 했다.

"츠앗!"

쐐애애액-!

딱-!

"파울!"

데런을 상대하는 타자들은 한 가지 구종을 노리고 타석에 선다.

바로 패스트볼이다.

90마일 후반의 빠른 공이기도 하고 그가 던지는 구종의 절반이 패스트볼이기 때문이다.

그럼에도 불구하고 정타를 맞히기 힘들다.

따악-!

"파울!"

[두 개의 타구 모두 파울 라인 밖으로 날아갑니다.]

[배트가 밀리고 있습니다. 패스트볼을 노리고 들어오는데도 불구하고 말이죠. 그만큼 데런 선수의 공에 힘이 있다는 소리입니다.]

"후우……."

데런이 크게 한숨을 내쉬었다.

페르나의 사인을 받은 그가 와인드업을 했다.

"찻!"

전력을 다해 공을 뿌렸다. 기합 소리가 얼마나 컸는지 중계 카메라를 통해 전달될 정도였다.

쐐애애애액─!

맹렬한 회전과 함께 공이 날아갔다.

타자의 배트도 돌았다.

마지막 순간 공이 휘더니 타자의 배트를 피해 도망쳤다.

후웅─!

배트가 허공을 갈랐다.

퍽─!

공이 미트에 꽂혔다.

"아웃─!"

구심의 손이 올라갔다.

[경기 끝! 인디언스가 2 대 0으로 승리를 가져갑니다! 강영웅 선수가 8년 만에 동양인 루키 시즌 최다승 기록을 17승으로 경신합니다!!]

영웅은 짐을 챙기고 있었다.

그래 봤자 옷가지와 한국에 가져갈 선물 몇 개였다. 그리고 야구 용품 정도.

"대충 다 정리됐나?"

집을 둘러봤다. 처음 왔을 때는 낯설었다. 그러나 지금은 그 어느 때보다 편한 집이었다.

"이제 작별이네."

내년에는 새로운 보금자리에서 시작할 계획이었다.

딸칵-!

그때 문이 열렸다.

들어온 사람은 최성재였다.

"준비 다 됐어요?"

"예."

"제가 들게요."

최성재가 캐리어를 들었다.

집 앞에는 한 대의 SUV가 기다리고 있었다.

짐을 차에 실은 최성재가 물었다.

"잊으신 건 없죠?"

"예."

"나중에 집 정리할 때 직원한테 한 번 더 체크하라고 해둘게요. 타시죠."

최성재는 운전석에 영웅은 조수석에 올라탔다. 창문을 통해 멀어지는 집을 보자 떠난다는 생각이 확실히 들었다.

"집은 알아보고 있습니다. 한국에 계실 때 후보지들을 정리해서 보여드리겠습니다."

"감사합니다."

클리블랜드는 포스트시즌 진출에 실패했다. 일찌감치 시즌이 끝났고 영웅은 곧장 한국에 갈 준비를 시작했다.

한국과 달리 메이저리그는 선수단 전체가 모이는 시상식이 없다. 신인왕이나 MVP 같은 경우도 명패를 따로 전달하고 지역 언론에서 인터뷰나 사진을 찍는 게 전부였다.

다양한 국가에서 선수들이 모이기 때문이다.

시즌이 끝나면 그들은 대부분 고향으로 귀국한다. 선수들이 모일 수 없는 이유였다. 영웅도 하루라도 빨리 한국에 돌아가 집 밥을 먹고 싶었다.

"한국에 돌아가면 바빠질 겁니다."

"그렇게 스케줄이 많나요?"

"깜짝 놀랄 거예요."

도대체 얼마나 스케줄이 많기에 저런 소리를 하는 걸까?

궁금하기도 하고 두렵기도 했다.

차는 클리블랜드 홉킨스 공항에 도착했다. 비행기를 타고 샌프란시스코 공항으로 이동했다가 한국으로 향했다.

세 번째지만 퍼스트 클래스는 여전히 어색했다.

"오늘 비행을 책임질 기장 데이비드입니다."

"선생님을 전담하게 될 데이나입니다."

모든 직원이 한 번씩 와서 인사를 했다.

이것도 부담이었다.

사인을 요청하는 일은 없었다.

아마도 매뉴얼인 듯했다.

자신을 데이나라 소개한 여성이 메뉴판을 가져왔다.

"저희 비행기에는 한식과 양식, 일식이 준비되어 있습니다. 코스별로 나뉘어져 있으며 다른 코스에 있는 음식이라도 원하시는 게 있으시면 주문이 가능하십니다."

이후에도 극진한 대접을 받았다.

영웅은 비행기가 이륙을 한 뒤 식사를 끝냈다.

직후 비즈니스석에 타고 있던 최성재가 들어왔다.

"한국에서 들어온 광고들 중 A급만 따로 추려놓은 겁니다. 검토해 보세요."

"지금 골라야 되는 건가요?"

"아닙니다. 일단 이 정도가 있다는 것만 파악하고 계시면 됩니다. 아, 그리고 스케줄 폴더에 한국에서의 대략적인 일정을 정리해 뒀습니다."

"예, 알겠습니다."

최성재가 다시 자신의 자리로 돌아갔다.

회사가 돈이 많다고 해서 직원까지 마음대로 돈을 쓸 수 있는 건 아니었다.

'미안하네.'

혼자서만 퍼스트 클래스를 이용하는 게 말이다. 이내 미안한 마음을 접고 태블릿 PC를 확인했다.

정리는 잘 되어 있었다.

이미지 파일 하나에 회사명과 함께 로고, 그리고 주력 상품들의 이미지까지. 또한 광고의 컨셉이나 그쪽에서 원하는 금액 등도 포함되어 있었다.

"파르마에서도 제안이 왔네."

세계에서 가장 유명한 스포츠 용품 메이커.

파르마.

그 이름을 모르는 사람이 없을 정도로 유명한 브랜드였다.

"L.E에서도 제안이 왔고 대성그룹……."

하나같이 대기업들이었다.

한국에서 이름만 말해도 누구든 알 만한 브랜드들이었다.

그런 곳이 십여 개가 넘었다.

사실 영웅에게 들어온 광고 제안은 수백 개였다. 지역 브랜드부터 시작해서 전국구 브랜드, 심지어는 지역 행사에서도 제안이 들어왔다.

그런 곳들은 최성재의 손에서 걸러졌다. 돈도 중요했지만 영웅의 컨디션을 유지하는 게 최우선이었다.

그 중간을 찾는 게 매우 어려웠다.

'스케줄도 잘 정리되어 있네.'

스케줄은 삼 일에 하나를 처리하는 정도였다.

중요한 일정이 모두 잡혀 있었다. 추가로 넣고 싶은 스케줄이나 빼고 싶은 게 있다면 알려 달라는 문구도 있었다.

'내가 에이전시는 잘 구했어.'

영웅은 무척이나 만족했다.

시트를 눕힌 영웅은 태블릿 PC를 보며 자신이 해야 될 일들을 정리했다.

비행기가 인천공항에 내렸다.

영웅은 바로 나가지 않고 라운지에 앉아 있었다.

"밖에 기자가 많이 왔습니다. 그냥 나가는 건 힘들 거 같습니다. 그냥 나가서도 안 되고요."

언론에 얼굴을 비추는 건 좋은 일이다. 뛰어난 선수라도 시즌 중이 아니라면 사람들의 뇌리에서 잊히게 마련이다.

팬들의 사랑을 받으며 커가는 게 프로선수들이다.

사람들에게서 잊히는 게 좋을 리 없었다.

그런 점에 있어서 언론이 꾸준한 관심을 주는 건 좋은 일이었다.

"인터뷰를 하는 게 좋을 거 같습니다."

"알겠습니다."

최성재가 바쁘게 움직였다.

공항 측에 협조를 요청해 기자들을 통제했다. 그리고 게이트 하나를 비웠다. 다행히 비행기가 겹치는 시간대가 아니기에 일사천리로 진행됐다.

또한 예상 질문을 원고로 만들어 영웅에게 건넸다.

"대답하기 곤란한 질문은 제가 차단하겠습니다. 하지만 그 외의 대답은 영웅 씨가 해주셔야 됩니다."

"예."

"만약 대답하기 싫으신 질문이 나온다면 손가락 두 개를 펼쳐 주시면 됩니다."

영웅이 고개를 끄덕였다.

"가시죠."

두 사람이 게이트 앞에 도착했다.

"후우―!"

영웅이 깊게 숨을 몰아쉬었다.

기자들 앞에 서는 건 오랜만이다.

도쿄 올림픽 당시에도 많은 기자가 몰렸다.

하지만 그때는 대표팀 선수단 전체가 모여 있었다.

하나 지금은 자신 혼자였다.

"준비되셨나요?"

공항 직원이 물었다.

최성재가 영웅을 바라봤다.

"예."

"게이트 열겠습니다."

지잉—!

곧 게이트가 열렸다.

영웅이 캐리어를 끌고 게이트를 나오는 순간.

파파파파팡—!

플래시가 연속해서 터졌다.

얼추 보더라도 수십 명의 기자가 몰려 있었다.

기자들 사이에는 스마트폰을 들고 있는 사람들도 있었다.

기자는 아니고 공항을 찾은 여행객들이다.

영웅의 갑작스러운 등장에 그들도 사진을 찍기 위해 바빠졌다.

영웅은 걸음을 멈추고 기자들의 앞에 섰다. 나름 포즈도 잡아주고 기자들의 요청에 응해주기도 했다.

사진을 어느 정도 찍자 질문이 쏟아졌다.

"한국인으로는 최초로 메이저리그 신인왕에 오르셨는데

요. 소감 한 말씀 부탁드립니다.”

“이번 시즌 루키 시즌 동양인 최다승을 경신하셨습니다. 기분이 어떠신가요?”

“내년 시즌 구상은 어떻게 되십니까?”

대부분 최성재의 예상 질문에 들어 있었다.

영웅은 당황하지 않고 침착하게 답변을 이어갔다.

“다음 일정이 잡혀 있어 인터뷰는 이쯤에서 마무리하겠습니다.”

최성재가 적절한 타이밍에 인터뷰를 끊었다.

기자들은 아쉬워했지만 다음 일정이란 말에 물러날 수밖에 없었다.

곧 공항 직원들이 다가와 그를 안내했다.

“사인 좀 해주세요!”

“여기 한 번만 봐주시겠어요?”

“꺄악-! 팬이에요! 악수 한 번만!”

몰려 있던 팬들의 요청이 쇄도했다.

바쁘지만 영웅은 그들의 요청을 무시하지 않았다.

미국에 있을 때와 똑같이 사인을 해주고 악수를 하며 같이 사진을 찍었다. 때로는 여성팬들이 저돌적으로 안겨왔지만 당황하지 않았다.

‘팬서비스는 확실하다니까.’

좋은 현상이었다.

한국의 일부 선수는 팬서비스로 구설수에 오르기도 한다. 그렇기에 저런 모습을 보여주는 건 매우 중요했다. 대부분의 사람에게 사인을 해주고 두 사람은 미리 준비된 벤에 몸을 실고 공항을 떠났다.

"바로 아파트로 가겠습니다."

"예."

올해 중순.

영웅은 아파트를 구입했다.

정확히는 어머니의 이름으로 선물을 했다. 서울이 아닌 경기도 외곽이었지만 어머니는 무척이나 좋아하셨다.

누나 역시 공장을 퇴사하고 집으로 돌아왔다. 그리고 포기했던 공부를 다시 시작했다.

차는 곧 고양시에 위치한 호수공원으로 접어들었다.

신축 아파트가 몇 개 있었는데 그중에 유명한 브랜드 아파트로 차가 들어갔다. 바로 지하 주차장으로 이어졌고 비어 있는 공간에 차를 세웠다.

"이쪽입니다."

짐을 내린 최성재가 영웅을 안내했다.

아파트를 구할 때 최성재의 도움을 받았기에 그는 이곳 지리나 구조를 잘 알고 있었다. 지하 주차장에서 두 개의 문을 더 지난 뒤에야 엘리베이터 앞에 설 수 있었다. 엘리베이터 역시 카드키로 인식을 시켜야지만 작동이 됐다.

"보안이 철저하네요."

"그걸 1번으로 원하셨으니까요."

여자 둘이 사는 집이다. 당연히 보안이 철저해야 했다.

영웅은 그 부분을 중점적으로 봐달라고 했었다.

최성재가 일처리를 매우 잘한 것이다.

[22층입니다. 문이 열립니다.]

문을 나오자 양쪽으로 문이 하나씩 보였다.

최성재가 왼쪽의 초인종을 눌렀다.

딩동—!

곧 도어 록이 열리더니 엄마의 얼굴이 보였다.

"아이고! 우리 아들. 오느라 고생 많았다."

한결같은 따뜻한 미소와 부드러운 목소리를 들으니 마음이 편안해졌다.

"왔어?"

뒤에서 수정이 말했다.

올림픽 때보다 훨씬 더 예뻐졌다. 미모에 물이 올랐다는 표현이 적절했다. 하지만 그런 건 타인의 시선이었다.

"살 쪘네?"

수정의 눈썹이 파르르 떨렸다.

예상과 다른 반응이었다. 곧 영웅은 그 이유를 알 수 있었다.

최성재가 있었기 때문이다.

"그럼 저는 이만……."

덥석—!

영웅이 최성재의 팔을 잡았다.

"식사하고 가시죠."

"오랜만에 가족들이 모였는데 제가 그 자리에 끼면……."

"아니에요. 음식 푸짐하게 차렸으니 와서 한 숟가락 들고 가세요."

"그래요. 자자, 들어가죠."

영웅의 떠밀림에 최성재가 난처한 표정을 지었다.

계속된 거절도 실례이기에 최성재는 스스로 구두를 벗고 집으로 들어갔다.

"그럼 실례하겠습니다."

"우와……."

집에 들어온 영웅은 감탄을 금치 못했다.

신축이라고는 해도 이렇게 고급스럽게 지어졌을 줄은 몰랐다. 통화를 할 때마다 좋다고 노래를 부르던 누나의 심정이 이해가 됐다.

이렇게 직접 보니 감회가 새로웠다.

어린 시절에는 이런 집에서 살 거라곤 상상도 못 했다.

거실에는 긴 식탁이 놓여 있었다. 그 위에는 진수성찬이 차려져 있었다.

사골을 고아낸 곰탕부터 갈비찜, 잡채, 전, 각종 반찬이 한상 가득이었다.

"오오오오!"

"자, 어서 먹자. 음식 식겠다. 최 과장님 입에 맞으실지 모르겠지만 많이 드세요."

"잘 먹겠습니다."

본격적인 식사가 시작됐다.

음식점에서 오래 일해서인지 한혜선의 손맛이 무척 좋았다. 음식들 하나하나가 입에 딱 맞았다. 영웅이야 워낙 잘 먹다 보니 밥 3공기를 순식간에 비웠다.

최성재 역시 두 공기를 비우고는 차까지 얻어먹고 집을 나섰다.

"그럼 내일 뵙겠습니다."

"예, 조심히 들어가세요."

최성재를 배웅한 영웅이 집에 들어갔다.

거실에 막 들어서려는 순간.

짝-!

"악!"

등짝 스매시가 날아왔다.

"살~ 이~ 쪄?!"

짝-!

"아악! 내 말이 틀렸나?!"

끝까지 대드는 영웅이었다.

오랜만에 집안이 시끌벅적해졌다. 혜선은 두 남매의 싸움을 바라보며 흐뭇한 미소를 지었다. 영웅의 등에는 손바닥 자국이 빨갛게 남았지만 말이다.

다음 날.

일정은 아침 일찍부터 시작됐다.

마중 나온 최성재와 함께 제임슨 코퍼레이션 한국 지부로 이동했다.

"한국에 오신 김에 면허증을 따시는 건 어떻습니까?"

"시간이 날까요?"

미국에서 거주하면서 차가 없어 불편했던 적이 한두 번이 아니다.

그래서 면허증을 따야겠다는 생각을 하고 있었다.

"일정을 조정하면 가능할 거 같습니다. 면허증 따는 데 시간이 오래 걸리는 것도 아니라서요."

"그럼 부탁 좀 드릴게요."

"예, 조만간에 일정 조율해서 말씀드리겠습니다."

차가 곧 강남 역삼동에 있는 한 빌딩에 도착했다.

지하 주차장에 차를 세우고 엘리베이터에 몸을 실었다.

제임슨 코퍼레이션은 한국 지부에 투자를 많이 하는 중이었다. 한국인 선수들의 해외 진출이 활발해진 것도 한 가지 이유다.

하지만 가장 큰 이유는 최성재의 능력 덕분이었다.

넓은 사무실에 감탄한 영웅은 최성재의 안내를 받아 그의 사무실에 도착했다. 소파에 마주 보고 앉자 비서가 차를 내왔다.

문이 닫히자 본격적인 이야기를 시작했다.

"비행기에서 보셨겠지만 다시 한번 설명드리겠습니다."

태블릿 PC에 업체들의 이미지가 나타났다.

최성재는 업체들에 대한 설명, 그리고 그들이 제시한 광고료를 자세하게 설명해 주었다. 광고 컨셉과 찍는 데 걸리는 시간 등에 대한 설명도 이어졌다.

"한국에 계시는 동안 광고는 6개 정도 찍는 게 가장 좋을 거 같습니다. 그 이상을 찍게 되면 수익적인 측면에서 큰 도움이 되겠지만 아무래도 시간이 오래 걸립니다."

"저도 같은 생각이에요. 내년 시즌 준비를 위해 운동에 지장이 없는 선에서 촬영을 하고 싶습니다."

"예, 그럼 그렇게 스케줄을 조절하도록 하겠습니다."

"참, 그리고 12월부터 본격적인 운동을 시작하고 싶은데요."

영웅은 오늘 아침 난감한 일을 겪었다.

아파트 단지 내에 있는 피트니스 센터에서 가볍게 트레드밀을 탔다. 문제는 5분도 되지 않아 그의 주변을 사람들이 에워쌌다는 거다.

그 이야기를 들은 최성재가 미소를 지었다.

"당연한 일입니다. 영웅 씨는 한국에서 가장 유명한 야구선수 중 한 명입니다. 어디를 가든 사람들의 이목을 끌 수밖에 없습니다."

"클리블랜드에 있을 때도 이 정도까진 아니어서 사실 좀 당황스럽네요."

"미국이 프라이버시를 중요시 생각하는 문화다 보니 그런 점에서는 조금 자유롭긴 합니다. 운동을 할 수 있는 곳은 제가 알아보도록 하겠습니다. 집 근처가 편하시죠?"

"예."

"알겠습니다. 곧 장소를 섭외해서 말씀드리겠습니다."

1차 미팅은 그렇게 종료됐다.

9장
비시즌 기간의 활동

며칠 뒤.

영웅은 한 스튜디오에 나와 있었다.

화보 촬영을 위해서다.

세련된 정장을 입고 메이크업과 헤어스타일까지 정리한 영웅의 모습은 야구선수보다는 모델에 더 가까웠다. 큰 키에 떡 벌어진 어깨가 핏을 제대로 살려주고 있었다.

"턱을 약간 당겨주시고 고개를 살짝 오른쪽으로 돌릴게요. 오케이, 좋아요."

셔터를 누르자 플래시가 터졌다.

"이번에는 야구공을 손에 들고 찍을게요. 야구공은 왼손에 들고 몸은 오른쪽을 향해서 그리고……."

"저……."

"왜요?"

"저 공 오른손으로 던지는데요?"

잠깐의 침묵이 돌았다.

"괜찮습니다. 영웅 씨가 왼쪽이 더 사진을 잘 받아서 그쪽 위주로 찍어야 되요."

"네⋯⋯."

"자, 그럼 조금 속도 낼게요."

영웅이 왼손으로 공을 잡았다.

영 어색했다.

'뭐, 이것도 나름 경험이지.'

촬영은 빠르게 진행됐다.

처음에는 낯설었던 영웅도 막바지에는 나름 촬영에 익숙해졌다.

"오케이! 여기까지 하겠습니다. 수고하셨습니다."

"수고하셨습니다."

스태프들과 인사를 한 영웅이 대기실 의자에 앉았다.

"후아⋯⋯."

지쳐서 한숨만 나왔다.

그 모습을 보는 최성재가 물었다.

"야구보다 더 힘들죠?"

"정말 그래요. 차라리 한 경기 풀로 뛰는 게 더 쉬운 거 같습니다."

"원래 처음하면 다들 힘들어 해요."

그때 다른 목소리가 들려왔다.

고개를 돌리니 오늘 촬영을 했던 강태훈이 서 있었다.

"그래도 처음에는 좀 어색해하다가 나중에는 잘하던데요? 옷걸이도 좋고 몸 비율도 좋아서 아마 화보도 멋지게 나올 겁니다."

"너무 못 찍은 거 같아서 불안하네요."

"걱정 마세요. 제가 컴퓨터로 잘 만져 드리겠습니다. 참, 혹시 실례가 아니라면……."

강태훈이 뒤에 숨기고 있던 야구공을 내밀었다.

"사인 하나 부탁드려도 될까요?"

"물론입니다."

영웅이 공을 받아 들고 사인을 했다.

그 모습을 보던 주변 스태프들도 몰려들었다.

"어?! 사인해 주시는 거예요? 저도 부탁드릴게요!"

"저도 부탁드리겠습니다."

"전 여기 스마트폰 뒤에 해주시겠어요?"

갑자기 사인회가 열렸다.

어떤 이는 이 상황을 예상이라도 했다는 듯 영웅의 클리블랜드 유니폼까지 가져왔다.

'어디를 가도 인기네.'

영웅의 달라진 위상에 최성재가 미소를 지었다.

"오늘 일정은 파르마와 스폰서 계약을 짓고 마무리하겠습니다."

원래 광고를 찍기로 했던 파르마다.

하지만 한국에서의 위상이 변한 것을 감지한 파르마가 스폰서 계약을 제시했다.

"미리 말씀드렸지만 그쪽에서 제시한 조건은 두 가지입니다. 1년 계약과 3년짜리 계약입니다."

1년 계약에는 계약금과 지원금을 포함 2억 원을 지급한다. 3년 계약에는 총액 7억 원 규모였다.

"두 계약 모두 파르마 야구 용품을 지원해 줄 겁니다. 어떻게 결정은 하셨습니까?"

영웅은 어제 밤까지도 결정을 내리지 못했다.

고민 끝에 오늘 아침 결정을 내렸다.

"1년 계약으로 가겠습니다."

"좋은 생각입니다."

내년 시즌 더 높은 성적을 내서 좋은 계약을 이끌어 내겠다. 그렇게 판단을 내렸다.

파르마와의 계약은 일사천리로 진행됐다.

두 개의 계약서를 준비하고 있었는데 영웅은 1년짜리 계약서에 서명을 했다.

첫 번째 스폰서계약을 세계 최고의 회사와 맺게 되었다.

파르마 건물을 나온 영웅은 최성재와 함께 잠실야구장으로 향했다.

영웅은 시즌이 끝났지만 프로야구는 아니다.

아직 플레이오프가 진행 중이었다.

오늘 경기에선 대전 이글스와 서울 트윈스의 플레이오프

최종전이 열렸다.

승자가 한국시리즈에 진출하게 된다.

"경기를 관람하기 전에 형수를 먼저 보시겠습니까?"

"예, 인사라도 드려야죠."

경기장을 찾은 건 박형수를 보기 위함이다.

한국에 왔다는 소식을 전해 들은 박형수가 티켓을 보내왔다.

이미 많은 사람이 잠실야구장을 찾았다. 한국시리즈 진출이 걸린 경기인 만큼 이미 티켓은 매진됐다. 경기 시작까지 1시간이 남았지만 잠실야구장은 벌써 사람으로 가득했다.

영웅은 최성재와 함께 직원 통로를 통해 안으로 들어갔다.

간간이 알아보는 사람들이 있었지만 말을 걸어오진 않았다. 다들 바빴기 때문이다.

영웅은 서울 트윈스 클럽하우스로 향했다.

몇몇 선수가 그를 발견하고 수군거렸다.

한국에서 프로생활을 하지 않은 그였기에 아는 사람이 없다.

기껏해야 올림픽 대표팀 출신 선수와 조금의 친분이 있을 뿐이었다.

"어? 영웅아!"

그때 걸걸한 목소리가 들려왔다.

고개를 돌렸다. 그곳에는 익숙하지만 어딘가 낯선 얼굴의 남자가 서 있었다.

"혹시……."

"나야! 나! 정대성!"

중학교 시절 같이 파트너를 했었던 정대성이다.

중학교 졸업 이후 처음으로 만나는 것이다.

영웅도 많이 변했지만 정대성 역시 예전과는 전혀 다른 모습이었다.

"이야~ 이게 얼마만이야?"

"그러게. 정말 오랜만이다. 잘 지냈어? 여기에 있는 거 보면 서울 트윈스 선수로 뛰는 거야?"

"어? 어어……. 그건…….."

"막내야! 뭐 하냐?! 빨리 안 오냐?!"

그때 뒤에서 누군가 외쳤다.

사색이 된 정대성이 급하게 대답했다.

"예! 예! 지금 갈게요! 오랜만에 만났는데 미안하다. 지금 좀 바빠서, 혹시 나중에 시간나면 밥이나 같이 먹자."

"어, 응."

"빨리 안 뛰어와?!"

"갑니다!"

정대성이 급하게 달려갔다.

멍하니 그 모습을 바라보던 영웅에게 최성재가 물었다.

"아는 분입니까?"

"아, 중학교 때 저와 파트너를 맺었던 녀석이에요."

"선수였었군요."

"예?"

최성재의 표현이 과거형이었기에 영웅이 되물었다.

"저 친구가 입고 있던 옷은 서울 트윈스 직원 유니폼입니다."

"그럼……?"

"프로선수가 아니란 소리죠."

아마추어에서 프로라는 벽을 넘는 건 매우 어려운 일이다.

매년 드래프트에 참가하는 인원은 평균 800명, 그중에서 프로가 되는 건 10퍼센트 수준인 80명에 불과하다. 프로가 된 이후에도 성공하는 사람은 손에 꼽을 정도고 말이다.

"오! 강영웅!"

그때 익숙한 목소리와 함께 한 남자가 다가왔다.

박형수였다.

"형수 형!"

"오랜만이다. 메이저리그에서 완전 날아다니더만."

"감사합니다. 형님도 60홈런 때리신 거 축하드려요."

박형수는 한국 야구 역사상 처음으로 60홈런을 돌파했다.

올림픽 이전까지만 하더라도 이를 예상한 사람은 전무했다.

3년 연속 50홈런에 포커스가 맞춰져 있었다.

박형수의 페이스도 그랬고 말이다.

한데 올림픽 이후 완전히 바뀌었다. 홈런 페이스가 가파르게 올라갔다.

전문가들은 몸 쪽 대처가 좋아졌기 때문으로 판단했다.

실제로 올림픽 이전과 이후 박형수의 홈런 데이터를 보면 확연히 달라진 점을 발견할 수 있다. 이전에는 바깥쪽과 가운데 공을 넘겨 주로 홈런을 만들었다. 몸 쪽 비율은 고작 10퍼센트에 불과했다.

하지만 올림픽 이후에는 모든 부분에서 고루 분포가 됐다.

몸 쪽에 대한 트라우마를 이겨낸 것이다.

"크하하! 이 형님이 좀 천재적이잖냐."

"형수야! 슬슬 준비하자!"

"예! 오늘 경기 끝나고 맛있는 거 사줄 테니까. 도망가지
말고 있어라."

"알겠습니다."

멀어지는 박형수를 보던 최성재가 말했다.

"슬슬 자리로 이동하죠."

"예."

두 사람도 경기 관람을 위해 관중석으로 이동했다.

한국시리즈 진출은 서울 트윈스였다.

경기는 극적이었다.

7회까지 양 팀의 투수전이 이어졌다.

하지만 8회.

박형수의 솔로포로 서울 트윈스가 앞섰다.

이후에도 만루 찬스를 맞이했지만 점수가 나진 않았다.

9회에는 대전 이글스가 연속안타로 동점을 만들어냈다.

그리고 9회 말 공격.

박형수의 만루 홈런이 터졌다.

극적인 승리에 잠실야구장이 들썩였다.

영웅은 구단 직원의 도움을 받아 구장을 빠져나와 약속 장
소로 향했다. 강남 인근에 있는 한정식집이었다. 룸이 따로

있기에 얼굴이 알려진 영웅에게는 편안했다.

약간의 시간이 지난 뒤.

박형수가 문을 열고 들어왔다.

"이야~ 늦어서 미안하다. 죄송합니다. 형님."

"괜찮다."

"한국시리즈 진출 축하드립니다."

"하하! 고맙다."

그가 자리에 앉자 지배인으로 보이는 이가 들어왔다.

박형수는 능숙하게 주문을 했다.

"여기 요리가 꽤 맛있어요. 코스로 되어 있어서 이것저것 먹기도 좋고."

"그래. 그런데 오늘 축하 파티는 따로 안 하는 거냐?"

"파티는 한국시리즈에서 우승한 다음에 해야 되지 않겠습니까? 괜히 파티니 뭐니 하면 젊은 애들 기합 빠집니다."

"그것도 그러네."

곧 음식이 하나둘 들어왔다.

세 사람은 이야기꽃을 피우며 식사를 시작했다.

술잔은 없었다. 이틀의 휴식 후 한국시리즈가 바로 이어지기 때문에 음주를 피하는 것이다. 영웅은 원래 마시지 않고 말이다.

"60홈런은 도대체 어떻게 때려낸 거냐?"

이야기의 주제가 박형수의 60홈런으로 넘어갔다.

"크하하! 제가 좀 천재적이지 않습니까?"

"얌마, 그래도 2달 만에 30홈런을 때려내는 게 말이 되냐?

갑자기 몸 쪽 공 대처도 엄청 좋아지고 말이야."

박형수는 4월부터 7월까지 30개의 홈런을 때려냈다.

그리고 8월부터 시즌 종료까지 다시 30개를 쳤다.

체력 소모가 심한 포수, 거기다가 체력 저하가 당연시 되는 시즌 후반에 전반기와 똑같은 홈런을 쳐 낸 것이다.

그 사실에 야구팬들은 물론 전문가들도 경악을 금치 못했다.

최성재나 영웅 모두 궁금했다.

"사실은 말이죠. 올림픽에서 깨달음을 얻었습니다."

"깨달음이요?"

"일본하고 결승전 치를 때 홈런 기록한 거 기억하지?"

"당연히 기억하죠. 8회였죠?"

"그래, 그때 일본 애들이 어떻게 했는지 기억하냐? 아주 집요하게 몸 쪽으로 던지지 않았냐. 완전 맞힐 생각으로 말이야."

당연히 기억한다. 분위기가 험악했으니 말이다.

몇몇 선배는 그라운드로 뛰쳐나갈 생각까지 했다.

올림픽에서 벤치클리어링이라니.

상상만 해도 창피한 일이었다.

"자꾸 몸 쪽으로만 던져서 솔직히 나도 쫄았거든. 손등에 공 한 번 맞은 뒤로는 자꾸 몸 쪽을 피하게 되더라고."

"그 정도 부상이면 트라우마가 생기는 건 당연한 일이지."

최성재가 옹호했다.

실제로도 부상을 극복하지 못하고 은퇴를 하는 선수가 수

두룩했다.

"근데 네 사정을 알고 나니까 그런 거에 쫄고 있던 내가 쪽팔리더라고."

"제 사정이요?"

"너 구단에서 90개 두 경기만 던지기로 했었다면서?"

"알고 계셨어요?"

"우연찮게 들었다. 여하튼 이제 갓 21살짜리가 그런 제한된 상황에서도 열심히 공을 던지는데 난 부상을 입은 트라우마 때문에 공도 제대로 못 친다는 게 쪽팔렸어."

당시를 떠올리며 박형수가 설명했다.

"그래서 생각했지. 만약에 이번에도 못 치면 난 남자새끼가 아니라고, 거시기를 떼버리겠다고 말이야."

"픕!"

"크크⋯⋯."

거시기를 뗀다는 말에 두 사람이 터졌다.

하지만 박형수의 표정은 진지했다.

"그리고 결과는 빠악─! 그대로 넘어가지 않았냐? 그런데 신기하게도 한국에 돌아왔는데 몸 쪽 공에 대한 트라우마가 사라졌어."

트라우마는 대부분 심리적인 부분에 원인이 있다. 박형수는 그 심리적 원인을 해결한 것이다.

"그래서 몸 쪽 공에 대한 대처가 좋아졌구나."

"예, 이제 어디로 공이 오더라도 자신감 있게 때릴 수 있게 됐습니다."

"트라우마에서 벗어난 걸 축하한다."

최성재가 잔을 들었다. 음료수가 들어 있었지만 상관없었다. 두 사람도 잔을 들어 가볍게 부딪쳤다.

쨍一!

귀국 이후 일주일 동안 사람들을 만나는 데 시간을 보냈다.

인터뷰를 하고 광고주들을 만났다. 때로는 야구 관계자들을 만나 인사를 나누어야 했다. 유명인이 되니 개인 시간을 내기 힘들었다.

'사람을 상대하는 게 더 힘드네.'

취향에 맞지 않았다.

말 한마디에도 조심해야 되고 행동도 마찬가지였다.

별로 입지 않던 정장에 구두를 신는 것도 곤욕이었다.

자리 자체가 불편하니 편할 리가 없었다. 아직 21살인 영웅에게 그런 자리는 모두 불편한 것이었다.

'엄마는 이것보다 더 힘든 일을 하면서 우릴 키웠겠지.'

영웅은 가족을 생각하면서 참았다.

다행스러운 점은 지쳐 가고 있을 때 최성재가 피트니스 센터를 알아봐 주었다는 것이다.

"이곳입니다."

집에서 차로 5분, 도보로도 20분이면 도착하는 곳이었다.

3층에 위치해 있었는데 겉으로 보기에는 평범해 보였다.

하지만 안으로 들어가니 전혀 달랐다.

입구부터 데스크가 있고 정장을 입은 직원들이 두 사람을 맞이했다.

"최영호 팀장님과 상담하기로 되어 있는데요."

"네, 안내해 드리겠습니다."

직원이 직접 두 사람을 안내했다.

데스크를 지나 복도를 걷자 좌우로 나누어진, 사무실 같은 곳들이 보였다.

문에는 상담실이라고 적혀 있었다.

딸칵-!

"여기서 기다리시면 됩니다. 곧 최 팀장님을 불러드리겠습니다."

"예."

잠시 후.

문이 열리면서 건장한 체격의 남자가 들어왔다. 민소매를 입고 있었는데 드러난 팔 근육이 심상치 않았다. 상의도 옷에 착 달라붙어 근육이 그대로 드러났다.

"기다리게 해서 죄송합니다."

"별로 기다리지도 않았는데요, 뭐."

남자와 최성재가 이야기를 주고받았다.

곧 남자의 시선이 영웅에게 향했다.

"처음 뵙겠습니다. 최영호 팀장입니다."

"강영웅입니다."

"메이저리그 활약하시는 거 잘 봤습니다."

"감사합니다."

"운동 하실 곳을 찾으신다고 들었습니다."

"예, 내년 시즌을 대비해서 미리 준비를 해야 될 거 같아서요."

"그렇군요. 그럼 일단 현재 상태를 알아보도록 할까요?"

"예."

최영호의 안내를 받아 자리를 옮겼다.

독립된 사무실 같은 곳이었는데 안에는 여러 운동기구가 놓여 있었다. 신기한 것은 운동기구만이 아니라 병원에서 보는 센서 같은 기계들도 있다는 것이었다.

"저희 센터의 경우 일반인보다는 프로선수 그리고 연예인 같이 특수한 직업군을 상대로 운영이 되다 보니 조금 더 체계적으로 관리를 하고 있습니다. 그러기 위해서는 회원분의 몸 상태를 정확히 알아야 됩니다. 그걸 측정하기 위한 도구들입니다."

영웅이 고개를 끄덕였다.

곧 옷을 갈아입고 트레드밀 앞에 섰다.

"처음은 폐활량 테스트부터 시작하죠."

센서를 착용하고 트레드밀 위에 섰다. 그리고 입에는 마스크를 쓴 채 트레드밀 위를 달리기 시작했다.

"처음에는 천천히 달리다가 5분부터 전력으로 가겠습니다."

폐활량 테스트를 시작으로 하나둘 테스트를 시작했다.

오랜만에 몸을 움직여 땀이 흐르자 점점 스트레스가 풀렸다. 기분도 상쾌해졌다. 그동안 쌓였던 피로가 한순간에 풀리는 느낌이었다.

"후아……!"

1시간여에 걸친 테스트가 끝났다.

"결과가 나오려면 30분 정도 걸립니다. 그동안 샤워를 하시는 게 어떻습니까?"

"그게 좋겠네요."

영웅이 입고 있던 운동복은 모두 땀으로 젖었다.

최영호의 안내를 받아 샤워실에 도착했다.

"그럼 샤워하고 방금 전 사무실로 오시면 됩니다. 혹시 모르겠으면 직원한테 물어보세요."

"예."

영웅이 안으로 들어가서 문을 닫았다.

샤워실은 개인용으로 나뉘어져 있었다. 그러다 보니 넓지는 않았다. 그럼에도 불구하고 안에는 샤워실과 파우더 룸이 따로 나누어져 있었다.

더 놀라운 건 개인용 사우나도 있다는 것이다.

"좋네."

최성재가 이곳을 추천한 이유를 알 것 같았다.

샤워를 끝내고 머리까지 말린 뒤 나간 영웅은 사무실로 돌아왔다.

"아, 오셨군요. 마침 결과도 나왔습니다. 이쪽으로 오시죠."

작은 테이블 앞에 세 사람이 앉았다.

최영호는 결과가 적힌 종이를 보며 설명을 시작했다.

"운동을 2주 정도 쉬셨다고는 해도 엘리트 체육인답게 몸의 근육은 최정상급을 유지하고 있습니다. 전체적인 신체 밸런스도 매우 좋습니다. 특히 어깨 근육과 유연성은 제가 본 사람들 중에는 톱 클래스를 유지하고 계십니다."

설명만 들어서는 딱히 수정해야 될 곳이 없어보였다.

"작년 시즌을 치르면서 혹시 힘들었던 점이 있으십니까?"

"시즌 후반이 되니 체력적으로 부담이 좀 됐습니다. 구속도 조금 떨어졌고요."

"음, 아무래도 미국은 이동 거리도 긴 데다가 경기 역시 많으니 체력적으로 소모가 더 심할 수도 있습니다. 그럼 지구력을 상승시키면서 기본적인 운동을 하는 쪽으로 프로그램을 짜도록 하죠."

"예, 그럼 언제부터 시작을 할까요?"

"2주 뒤에 본격적인 프로그램을 시작하겠습니다."

"2주요?"

"예, 현재 영웅 씨의 몸은 많이 지쳐 있습니다. 반년간의 풀 시즌을 치렀습니다. 생전 처음 해보는 경험이었고 거기에 중간에는 한국까지 오갔습니다. 본인은 인지하지 못하더라도 몸은 지쳤습니다. 그걸 회복해 줄 시간이 필요합니다."

"그렇군요."

"그 시간을 2주로 잡고 제가 식단을 짜드릴 테니 그에 따라 식사를 하시길 바랍니다. 혹시 식단을 따로 준비하시기 어려우시면 저희가 준비할 수 있습니다."

"일단 식단표를 보고 결정을 할게요. 그럼 2주 동안 아무 운동도 하면 안 되는 건가요?"

"가벼운 운동은 괜찮습니다. 제가 추천하는 건 수영입니다. 부상의 위험이 가장 적거든요."

"알겠습니다."

그 뒤로 이런저런 조언을 받은 뒤 영웅은 최성재와 함께 이동했다.

"오늘 스케줄은 따로 없으니 집에서 푹 쉬세요."

"예."

"내일 방송 스케줄 잡혀 있는 거 아시죠?"

"오후 3시였나요?"

"예, 1시까지는 제가 마중 나오도록 하겠습니다."

"알겠습니다."

"그럼 오늘도 고생하셨습니다. 푹 쉬세요."

"예, 내일 뵙겠습니다."

멀어지는 최성재를 보던 영웅이 몸을 돌려 아파트로 들어갔다.

다음 날. 영웅은 생전 처음 방송국이란 곳에 왔다.

처음 와본 방송국은 화려하고 바빴다. 사람들은 쉴 새 없이 움직였다. 대기실에 있는데도 수많은 사람이 오갔다. 덕분에 정신이 없었다.

지금도 그에게 세 명의 사람이 붙어 있었다. 의상을 잡아주고, 머리를 세팅해 주고, 화장을 해주는 이들이다.

'화보 촬영이랑은 전혀 다르네.'

화보를 촬영할 때도 화장을 했다. 헤어 디자이너가 머리를 만져 주었다.

하지만 지금과는 전혀 달랐다.

그렇기에 신기했다.

"톤만 조금 살리고 눈썹 정리해 주니까 완전 다른 사람이 됐네."

영웅은 번거롭다고 생각했지만 실상 한 것은 별로 없다.

얼굴에 있는 여드름 자국을 좀 지우고 전체적인 톤을 화사하게 살렸다.

이전에는 어두운 갈색이었다면 지금은 밝은 갈색이었다. 그리고 지저분하던 눈썹도 정리했다. 립밤도 발라 건조해 보이던 입술도 깔끔하게 만들었고 말이다.

여자들에게는 기초적인 화장이었다.

하지만 그것만으로도 영웅의 외모는 한층 살아났다.

"머리도 완성~!"

뒤이어 머리를 만지던 여자가 한 발 물러나 거울을 바라봤다.

"이야-! 평소에도 이렇게 왁스 바르고 다니면 여자애들 깜박 죽겠는데?"

영웅이 보더라도 확실히 괜찮았다. 스스로를 보고 그런 생각을 한다는 게 이상했지만 전문가가 만져 주니 역시 달랐다.

"옷은 이걸로 입자. 얼굴이 좀 화사하게 됐으니 의상으로 톤을 좀 죽여주는 게 좋을 거 같아."

옷은 정장이었다. 다른 옷과 뭐가 다른지 모르겠다.

영웅이 드레스 룸에서 옷을 갈아입고 나왔다.

"오오-!"

세 여자가 동시에 감탄을 터뜨렸다.

"확실히 운동선수라서 그런가 옷걸이가 좋네."

"에이-! 그건 아니지. 운동선수라고 옷걸이가 다 좋나?"

"맞아, 저건 타고난 거 같은데?"

수다를 떨면서도 할 일은 철저하게 했다.

어느새 영웅의 손목에는 시계가 착용되어 있었고 재킷 주머니에는 손수건이 곱게 접혀 들어 있었다.

"퍼펙트-!"

세 사람이 동시에 엄지를 치켜 올렸다.

잠시 후.

방송국 직원이 와서 영웅을 데려갔다.

영웅이 안내받은 곳은 스튜디오였다.

촬영 감독, 스태프들과 인사를 하고 있을 때 다른 패널들이 들어왔다.

"오! 강영웅."

걸걸한 목소리의 중년 남자가 영웅을 불렀다.

프로야구 원년 멤버이자 현재는 해설 위원과 KBO 자문위원으로 활동하고 있는 박태원이었다.

"오랜만이군. 올림픽이 끝나고 축하 파티도 같이 못 해서 아쉬웠어."

"시즌 중이라서 급하게 돌아가야 했습니다. 죄송합니다."

"하하! 죄송할 건 아니지. 여튼 오늘 방송 잘해보자고."

"예."

두 사람은 친분이 있었다.

박태원이 대표팀 기술위원으로 참가했기 때문이다.

"참, 이 두 사람은 오늘 처음 만나지?"

뒤에 있는 두 남자에게 시선이 향했다.

모를 리는 없었다. 지금은 은퇴했지만 한때는 메이저리그에서 활약하기도 했던 이우민, 최형식이다.

오늘 특별 프로그램의 패널로 참가했다.

"경기 잘 봤어."

"신인왕이라니. 정말 대단한 일을 한 거야."

"감사합니다."

어디를 가더라도 칭찬을 받는 요즘이다.

대한민국 최초로 메이저리그 신인왕을 받았다.

안 좋은 이야기가 나오는 게 이상한 일이다.

"늦어서 죄송합니다, 죄송합니다."

그때 한 여인이 들어왔다.

"은하 씨, 요즘 자주 늦는 거 같은데?"

"죄송합니다, 죄송합니다. 차가 막히는 바람에……."

"그럼 미리 일찍 출발을 했어야……."

"원래 미인은 좀 기다리는 맛이 있어야지. 그렇지 않아?"

"하하, 그렇죠."

박태원과 이우민의 대화에 김 PD가 인상을 구겼다.

"쯧, 다음부터 늦지 말자고."

"네!"

더 이상 혼내기도 애매해졌다. 그렇기에 김희원 PD는 대충 넘길 수밖에 없었다.

유은하가 급하게 자신의 자리에 앉았다.

"박 위원님, 감사해요."

"김 PD 히스테리에 견디기 힘들지?"

"헤헤…… 조금."

작은 소리였지만 바로 옆이기에 들렸다.

청순한 외모만큼이나 목소리도 예뻤다.

"자, 들어갑니다."

김희원 PD의 말에 영웅은 집중했다.

"큐!"

[앞으로도 미국에서의 활약 기대하겠습니다.]

[감사합니다.]

[지금까지 클리블랜드의 히어로를 만나다였습니다. 시청해 주셔서 감사합니다.]

인사를 끝으로 화면이 광고로 넘어갔다.

"오오-! 잘 찍었네!"

"그러게. 첫 방송인데도 긴장을 하나도 안 하네."

방송이 끝나자 엄마와 누나의 감상평이 쏟아졌다.

"유은하 씨 실물은 어땠어?"

"예쁘던데?"

"번호도 교환했어?"

"에이, 그럴 시간이 어디 있냐? 녹화 끝나고 바로 다음 스케줄 갔는데."

"요즘 일이 너무 많은 거 아니니? 그러다 몸 상하는 거 아닌가 걱정된다. 시즌도 끝났으니 좀 쉬면서 하렴."

"네. 참, 두 사람은 내년 미국으로 건너갈 준비 하고 계신 거예요?"

얼마 전.

두 사람은 미국에 가기로 결정했다. 미국에 장기간 체류를 해야 하기 때문에 필요한 부분이 있었다.

"최성재 과장님한테 필요한 서류 드렸어."

그 일의 대부분을 최성재가 맡기로 했다.

최성재는 에이전트로서 작은 부분까지 서포트해 주고 있었다.

"슬슬 저녁 해야겠다."

한혜선이 일어나 주방으로 향했다.

달그락거리는 소리가 들리더니 곧 맛있는 냄새가 풍기기 시작했다.

수정과 영웅은 각자 스마트폰으로 시간을 보냈다.

TV에서는 야구 관련 프로그램이 연이어 방송이 되고 있었다.

[프로야구 관중 천만시대, 화려하기만 한 이곳에도 어둠은 존재합니다. 바로 아마추어 야구입니다.]

아마추어 야구에 관한 내용이 방송됐다.

처음에는 아마추어 야구의 혹사로 시작되더니 곧 아마추어 야구 선수가 프로로 전환하는 데 얼마나 힘든지에 대해서 소개했다.

[고교 선수 중 드래프트에 참가하는 게 800명이 넘습니다. 그중에 프로에 지명되는 게 80명입니다. 대학 야구를 포함한 숫자이기에 순수 고교 졸업자라면 그 숫자는 매우 한정적이 됩니다.]

"저런 거 보면 참 너도 대단한 거 같아."

"후후, 이 몸의 위대함을 이제야 깨달았는가?"

"하여간 칭찬 조금 해주면."

주먹을 쥐어 보이는 수정의 모습에 영웅이 재빨리 말을 돌렸다.

"그러고 보니 얼마 전에 중학 동창 만났거든. 프로로 뛰는지 알았는데 지금 서울 트윈스 구단 직원으로 있다 하더라고."

"그래?"

"응, 누나도 한두 번 봤을걸? 왜 나 중학교 때 마스크 쓰던 정대성이 말이야."

"정대성……."

수정이 잠시 생각에 잠겼다. 그러다 눈을 반짝이며 박수를 쳤다.

짝-!

"아-! 누군지 기억난다. 정확히 얼굴은 기억 안 나는데 아마 그 애 아빠가 학부모회 회장하고 계셨을걸?"

"그랬나?"

그러고 보니 몇 번 인사를 했었다.

정강민이라고 했었던가?

"용케 그런 걸 기억하네?"

"사실 엄마랑 네 경기 처음 보러 갔을 때 아줌마들이 아주 난리를 쳤거든."

"난리라니?"

수정이 간단하게 설명해 주었다.

전혀 몰랐던 사실이다. 당시 한혜선은 수정에게 입단속을 시켰다. 괜히 신경을 쓸까 싶어서였다.

하지만 이미 지난 일이다. 그렇기에 강수정도 대수롭지 않게 말했다.

"그때 우리를 구해주었던 게 그 회장님이었어."

"그…… 래?"

"응, 덕분에 아줌마들이 입을 다물었지. 물론 네가 공을 잘 던져서인 것도 있지만."

"얘들아, 밥 먹어!"

대화는 거기서 끝났다.

한혜선의 부름에 두 사람이 주방으로 향했다.

11월이 지나면서 영웅의 바쁜 일정도 서서히 마무리되어 갔다.

동시에 영웅은 본격적인 운동을 시작했다.

최영호 팀장과 맨투맨 훈련을 시작하면서 내년 시즌을 준비했다.

"자, 라스트!"

"흡-!"

영웅이 숨을 들이켜며 뛰기 시작했다.

그의 양손은 로프를 잡고 있었다. 로프의 끝에는 웨이트 플레이트가 고정되어 있었다. 무게는 30kg으로 꽤 무거운 중량이었다.

일명 백워드 로프풀이라 불리는 운동법이었다. 민첩성과 순발력을 키워주고 코어와 전신 근육을 한 번에 단련시켜 준다.

"오케이! 거기까지 하겠습니다."

"헉…… 헉……."

땀으로 샤워를 한 영웅이 거친 숨을 토해냈다.

"오늘도 고생하셨습니다. 며칠 전보다 프로그램 강도를 높였는데도 잘 따라오시네요."

"잘 따라…… 헉…… 헉…… 간다뇨……. 미…… 미칠 듯이 힘듭니다."

"기초 체력을 상승시키는 게 가장 힘듭니다. 참, 식단은 잘 지키시고 계시죠?"

"예, 어머니가 도시락을 싸주셔서 잘 지키고 있습니다."

"좋아요. 그럼 오늘은 여기까지만 할게요."

"수고하셨습니다."

자리에서 일어난 영웅이 샤워실로 향했다.

그 모습을 보던 최영호가 고개를 절레절레 저었다.

"선수라고 해도 이 정도 프로그램을 실행하면 20분은 일어
나지 못하는데."

걸어서 샤워실로 가고 있었다. 게다가 호흡이 안정되는 데
걸리는 시간도 오래 걸리지 않았다.

"역시 메이저리거라는 건가?"

최고의 무대에서 뛰는 최고의 선수. 그만큼 신체 조건도
좋을 수밖에 없었다.

"자, 그럼 다음 시간부터 더 강도를 높여볼까?"

최영호의 입가에 미소가 그려졌다.

한편, 샤워를 끝낸 영웅은 라커룸에 놔둔 자신의 스마트폰
을 확인했다.

부재중 전화가 들어와 있었다.

"모르는 번혼데?"

업무 관련 번호는 모두 최성재에게 들어간다. 영웅의 폰은
오로지 사적으로만 이용된다. 그러다 보니 모르는 번호로 걸
려오는 일이 극히 드물었다.

"스팸은 아닌 거 같고……."

영웅이 통화 버튼을 눌렀다.

잠깐의 신호음이 끝나고 상대가 전화를 받았다.

"여보세……."

-영웅아, 나야 대성이.

"어?"

예상치 못한 목소리가 들려왔다.

영웅은 집 근처 술집으로 들어섰다. 몇몇 사람이 그를 발견하고는 수군거렸다. 영웅은 바를 지나쳐 안쪽으로 들어갔다. 칸막이가 있는 자리 중 하나에서 익숙한 얼굴을 발견했다.

"영웅아."

그는 대성이었다.

"오랜만이다."

반갑게 인사를 나누고 자리에 앉았다.

"갑자기 만나자고 해서 미안해."

"아니야. 어차피 요즘은 시간이 좀 여유로워. 집 근처까지 와주고 미안하다."

"내가 만나자고 했으니까 당연한 거지."

곧 가게 주인으로 보이는 남자가 다가왔다.

간단하게 먹을 걸 시켰다.

"한 잔 받아."

"아, 미안. 나 술 안 마셔."

"시즌이 아닌데도 안 마시는 거야?"

"응. 아예 시작도 안 했어."

"장소를 잘못 잡았네……. 다른 곳으로 옮길까?"

"아니야. 여기 음식 맛있어. 그리고 좀 조용하기도 하고."

영웅은 누나와 함께 이곳에 한 번 왔었다.

자주 온다는 누나의 말을 빌리면 사람이 그리 많지 않다고 했었다. 영웅은 이번이 두 번째 방문인데 그 말이 맞는 거 같았다. 오늘도 손님은 3명밖에 없었으니 말이다.

"그렇다면 다행이네."

두 사람은 이런저런 이야기를 나누었다.

그동안 어떻게 지냈는지, 메이저리그에서 뛰는 건 어떤지 등.

한창 시절 이야기도 나왔다.

"아빠한테 들었는데 그때 학부모회에서 말이 많았다더라. 네가 공짜로 야구를 하니까 말이야. 그런데 네가 공을 던지니까 아줌마들 얼굴이 확 바뀌면서……. 크크!"

정대성이 맥주를 한 모금 들이켰다.

"크…… 중학 야구 그까짓 게 뭐라고 그렇게 태클들을 걸고 목숨을 걸었는지 모르겠다."

중학생.

아무것도 모르는 시절이다.

철없이 놀고 싶던 그 시절 두 사람은 죽을 듯이 땀을 흘렸다.

꿈을 위해서 말이다.

그 결과를 이루어낸 영웅은 화려했다.

반면에 대성은 꿈을 이루지 못했다.

정 반대의 입장에 있는 대성에게 영웅은 어떤 위로의 말도 하지 못했다.

"괜히 분위기 칙칙하게 만들었네. 미안하다."

"괜찮아."

"후아……. 그래도 오랜만에 예전 이야기해서 기분 좋다."

"마찬가지다."

진심이었다. 추억을 공유할 수 있다는 게 이렇게 즐거운지 처음 알았다.

"너무 늦었다. 그만 일어나자."

"그래."

두 사람이 자리에서 일어났다.

영웅은 자연스레 지갑을 꺼냈다.

하지만 대성이 한발 더 빨랐다.

"이걸로 계산해 주세요."

"야, 내가 낼게. 여기까지 왔는데."

"내가 보자고 한 거니까 내가 낼게. 다음에 사라."

씩 웃는 대성을 보며 영웅이 지갑을 넣었다.

"거, 괜히 존심 세우지 말고 돈 많은 친구한테 얻어먹어라!"

영웅의 얼굴이 일그러졌다.

시비를 건 사람은 몇 없는 손님 중 하나였다.

50대쯤 되었을까?

얼굴이 시뻘건 것이 이미 취해 있었다.

어른스럽다고는 해도 이제 갓 20대다. 혈기가 왕성할 나이
다. 친구가 무시당하는 걸 참기 어려웠다.

"이……!"

덥석-!

"영웅아."

대성이 손을 잡았다.

덕분에 이성이 돌아왔다.

"그냥 나가자."

"아이고, 죄송합니다. 이 친구가 술이 좀 과해서……. 미

안합니다. 이 사람아, 왜 그래?"

동행이 대신 사과를 했다. 시비를 건 남자가 동행과 투닥 거렸다.

그 모습을 보고 영웅이 한숨을 내쉬었다.

"가자."

두 사람이 술집을 나왔다.

'큰일 날 뻔했다.'

화가 가라앉자 등골이 오싹했다.

프로의 자세에 대해 꿈의 그라운드에서 배웠다. 최성재에 게도 들었다. 그런데도 순간의 화를 참지 못했다.

만약 대성이 아니었다면?

과정이 어떻게 됐건 자신이 피의자가 됐을 것이다. 법이 아닌 사람들의 뇌리에 말이다.

"고맙다."

영웅의 말에 대성이 미소를 지었다.

"고맙기는. 나 때문에 벌어진 일인데."

"아니야. 네가 막아주지 않았다면 내가 뭔 짓을 했을지 모르겠다. 정말 고맙다."

"됐다. 친구끼리 그런 이야기 하는 거 아니다. 나 먼저 갈게."

"역까지는 데려다줄게."

"됐어. 내가 무슨 애냐? 어서 들어가. 괜히 또 시비 붙지 말고."

대성이 발걸음을 옮겼다.

미안한 감정이 고개를 내밀었다.

"오늘 고마웠어! 미국 가기 전에 또 보자!"

"그래!"

영웅은 대성이 가는 걸 한참 동안 바라봤다.

추억을 공유할 수 있는 친구가 있다는 게 뿌듯했다.

다음 날.

영웅은 최성재를 만났다.

그 자리에서 간밤에 있었던 일을 말했다.

"싸우지는 않은 겁니까?"

"예, 대성이가 말려준 덕분에 거기까진 가지 않았습니다."

"동영상 촬영도 없었고요?"

"술집이 2층에 있어 외부에서 찍을 수 없는 위치였습니다. 동행이나 그 사람도 모두 술에 취한 상태라 카메라를 들고 있지 않았습니다."

"후우……."

최성재가 깊은 한숨을 내쉬었다.

안도감에 나온 것이었다.

"다행입니다, 정말 다행입니다."

"죄송합니다. 그렇게 경고를 주셨는데 순간의 화를 참지 못했습니다."

"아닙니다. 영웅 씨가 잘못한 게 뭐 있나요? 그저 유명하다는 이유 하나로 시비를 걸어오는 사람들이 잘못된 거죠."

이런 일은 해외에서도 비일비재했다.

최성재는 다시 한번 깊게 숨을 뱉으며 놀란 가슴을 진정시켰다.

"그나저나 좋은 친구를 두셨습니다. 그 상황에서 참는 게 쉬운 일은 아니었을 텐데."

모욕을 참기란 쉬운 일이 아니다. 나이가 적건 많건 말이다.

하물며 20대 혈기왕성한 남자라면?

게다가 친구가 옆에 있다면?

더더욱 흥분할 상황이었다.

그걸 참아낸 게 신기했다.

"어릴 때는 장난기가 많았던 걸로 기억하는데. 못 만난 사이 많은 일을 겪었나 보더군요."

"그렇군요."

최성재가 고개를 끄덕였다.

"다음부터는 절대 싸움에 휘말리면 안 됩니다. 만약 분위기가 묘해지면 바로 피하십시오. 피하기 어렵다면 저한테 전화를 하시거나 경찰을 부르시는 게 좋습니다."

"알겠습니다."

"자, 그럼 이제 일 이야기를 해볼까요?"

일정의 대부분은 마무리됐다.

하지만 한 가지 일정이 남아 있었다.

바로 은행 CF 촬영이었다.

단독 출연이 아니었기에 스케줄이 뒤로 밀렸다.

"촬영 날짜가 잡혔습니다. 다음 주 화요일 오전부터 촬영을 시작할 겁니다."

"촬영 시간은 얼마나 걸릴까요?"

"아마 하루 전체를 비워야 될 겁니다."

"그렇게나 오래 걸려요?"

"하루 만에 끝나지 않을 수도 있습니다."

"헐……."

정말 헐이었다. 그렇게까지 시간이 걸릴 줄 몰랐다. 어쩐지 돈을 많이 준다 했었다.

[널 사랑하니까~~]

그때 영웅의 전화가 울렸다.

"아, 죄송해요. 진동으로 해놓는다는 걸……."

"아닙니다. 받아보세요."

"……그래야겠네요. 형수 형이에요."

"형수요?"

영웅이 고개를 끄덕였다.

통화 버튼을 밀자 곧 쩌렁쩌렁한 목소리가 들려왔다.

-나다!

고막이 터지는 줄 알았다.

-아아-! 뭐야? 전화 끊어졌나?

"아닙니다. 받았습니다."

-영웅아-! 오늘 저녁에 한잔하자!

"오늘이요?"

-어! 할 이야기도 있고 하니까 성재 형이랑 같이 보자. 성재 형한테는 내가 연락할게!

"최 과장님 함께 있으니까 제가 말씀드릴게요."

―오~ 그래? 그럼 내가 아예 그쪽으로 갈게! 어디에 있냐?

"그래도 일단 여쭤보고……."

―그래! 그럼 물어보고 전화 줘!

전화를 끊은 영웅이 고개를 저었다.

통화만 했는데도 정신이 없었다.

"형수가 뭐라 하던가요?"

"오늘 저녁에 한잔하자고 하시던데요? 하실 이야기 있으시다고."

"흠……. 그럼 이쪽에서 만나자고 하죠."

"예."

영웅이 전화를 걸었다. 알았다는 이야기와 함께 전화가 끊겼다. 그리고 삼십 분이 흘렀다.

딸랑―!

카페의 문이 열리고 박형수가 들어왔다.

그런데 혼자가 아니었다.

"대성아?"

정대성도 함께였다. 거의 떠밀리다시피 온 정대성이 어색하게 웃었다.

"하하……. 또 보네."

어젯밤, 헤어질 때 미국 가기 전에 보자고 했던 말이 떠올랐다.

설마 하룻밤 사이에 다시 볼 줄이야.

"너희 둘이 친구라면서?"

"예, 중학교 때 제 공을 받아주던 게 대성입니다."

"그렇군. 이 녀석 내 고등학교 후배야. 구단에 볼일이 있어서 갔다가 대성이랑 만났는데 너랑 안다고 하더라고. 그래서 끌고 왔지. 어차피 너 술 안 마시니까 내 술상대나 시키려고 말이야. 하하!"

정말 거리낌이 없는 사람이었다.

"안녕하세요. 최성재입니다. 어제 영웅 씨가 불미스러운 일에 휘말릴 수 있던 걸 막아주셔서 감사합니다."

"아…… 아닙니다."

"응? 불미스러운 일이라니?"

최성재가 간단히 설명을 해주었다.

"이런 개죽일 놈들!"

다혈질의 성격답게 금세 분노를 했다.

'저런 사람이 경기에서는 그렇게 냉정하다니.'

같이 호흡을 맞췄던 영웅이다.

그가 경기에서 얼마나 냉정하게 리드를 하는지 잘 알았다.

"자자, 어차피 지나간 일이니 이쯤하자고. 다들 식전이니 일단 저녁부터 하면서 가볍게 한잔 하자. 네가 하고 싶다던 이야기도 듣고."

"예, 알겠습니다."

아직도 분이 풀리지 않는 듯 했지만 박형수가 고개를 끄덕였다.

10장
인연

　네 사람은 인근의 갈빗집으로 이동했다.

　현역 선수 둘에 전직 선수 두 명이 있으니 불판 하나로는
모자랐다.

　결국 불판을 하나 더 준비해서 양쪽에서 고기를 구웠다.

　순식간에 10인분의 고기를 비우자 박형수가 슬슬 본론을
꺼냈다.

　"다름이 아니라 캠프 전에 전지훈련을 갈까 생각 중인데
영웅이도 같이 갔으면 해서요."

　"전지훈련이요?"

　"넌 모를 수도 있겠구나. 캠프가 시작되기 전에 먼저 몸
상태를 올리기 위해 개인 훈련을 한다. 국내에서 하는 선수
도 있지만 난 괌이나 하와이에서 하거든. 그쪽이 많이 따뜻
하니까 말이야."

추우면 부상의 위험이 크다. 그래서 연봉이 높은 선수들은 따뜻한 해외로 나간다.

"그렇군요."

"너도 전지훈련을 할 생각이면 같이 가자. 지금은 괌을 1순위로 보고 있다. 작년에도 그쪽에서 했기 때문에 체육관을 알아보기도 편하고."

박형수가 장점들을 설명했다.

영웅도 솔깃했다.

박형수는 KBO를 대표하는 톱 클래스 타자다.

훈련법이 다르긴 하지만 기본적인 건 같아 배울 게 있었다. 또한 경쟁 심리가 작동해 더 높은 성과를 얻을 수도 있다.

"저도 내년 시즌 준비를 해야 되니 좋은 이야기네요."

영웅도 긍정적으로 답했다.

최성재도 이야기에 참여했다.

그러다 보니 정대성은 제3자가 될 수밖에 없었다.

'부럽네.'

자신과 같이 야구를 하던 영웅이다.

한데 차이가 너무 벌어졌다.

자신은 프로의 벽도 넘지 못했는데 친구는 벌써 톱 클래스 선수와 어깨를 나란히 하고 있었다.

그때였다.

"대성이, 너도 함께 가자."

박형수가 말했다.

"예? 하지만……."

정대성은 대답하지 못했다. 돈이라는 장벽이 그를 막고 있었다.

"비용은 형이 내줄게."

"예……?"

"내년 트라이아웃 준비하려면 슬슬 몸 만들어야 된다."

"그걸 어떻게……."

"인마! 내가 후배 일 하나 모를 거 같냐?"

KBO는 선수들을 독려하기 위해 공개 트라이아웃 제도를 도입했다.

그게 2년 전이다.

시즌이 끝나면 모든 구단 관계자가 모여 트라이아웃을 진행한다.

대성은 내년을 기약하고 있었다. 올 시즌에는 아직 정상적인 몸 상태가 아니었으니 말이다.

영웅도 놀랐다. 설마 대성이 그런 일을 준비하고 있을 줄이야.

"후우……. 생각해 보고 대답해도 될까요?"

"그래. 단, 시간이 많지 않다는 걸 염두에 둬."

"알겠습니다."

대성이 고개를 끄덕였다.

영웅은 그런 친구를 바라봤다.

'도움을 주고 싶다.'

자신을 도와주었던 친구에게 무언가 해주고 싶었다.

하지만 무엇을?

당장 떠오르는 건 없었다.

그래도 생각할 것이다.

어떻게든 말이다.

화요일.

영웅은 일찌감치 집을 나섰다.

지하 주차장에 오자 최성재가 기다리고 있었다.

두 사람은 차를 타고 이동했다.

"오늘 촬영은 조금 힘들 수도 있습니다. 각오 단단히 하세요."

"네."

긴장이 됐다. 생애 첫 CF 촬영이다. 다른 촬영들과는 다르게 느껴졌다.

차는 곧 경기도 외곽으로 들어섰다.

오늘 촬영은 야외에서 진행되지 않는다. 모두 실내에서 촬영된다. 스튜디오에 무대를 꾸미고 거기서 촬영하는 것이었다.

넓은 공터에 덩그러니 회색 건물 한 채가 세워져 있었다.

촬영이 있는 스튜디오였다.

차에서 내려 안으로 들어갔다.

스태프들이 분주히 움직이고 있었다.

촬영장에 들어서자 더 많은 스태프가 보였다.

그중에 한 명이 다가왔다. 세련된 스타일로 꾸민 30대 초반의 남자였다.

"반갑습니다. 이번 촬영을 감독할 이영훈입니다."

젊은데 감독이라니.

놀랍다.

"안녕하세요. 강영웅입니다."

"에이전트 겸 매니저인 최성재입니다."

한국에 들어온 이후 최성재는 저렇게 설명을 했다.

매니저란 말이 틀리진 않았다.

일정을 모두 관리해 주고 있으니.

"컨셉에 관해서 메일을 보냈는데. 어떻게, 읽어보셨나요?"

"네."

영웅이 짧게 대답했다.

"좋습니다. 그래도 한 번 다시 설명을 드릴게요."

촬영 컨셉은 간단했다.

영웅이 공을 던지고 같이 촬영하는 사람이 치어리더 역할을 맡는다.

"상황은 간단합니다. 안타 하나를 맞으면 끝나는 상황에 강영웅 선수가 등판을 한 겁니다. 반드시 막아야겠죠? 그 상황을 그리면서 공을 던져 주시면 됩니다."

"전력으로 던지나요? 그럴 순 없는데……."

"물론 그러시면 안 되죠. 폼만 그렇게 잡아주시면 됩니다. 공이 날아가는 건 CG로 처리할 거니까요."

"네, 알겠습니다."

"두 번째 촬영에서는……."

영웅은 CF 계약을 1년 동안 맺었다.

CF가 3개월 단위로 바뀌어야 되기 때문에 촬영 컨셉도 3가지였다.

시즌 도중 한국에 올 수 없으니 말이다.

설명을 끝낸 감독이 돌아갔다.

"글로 봤을 때보다 더 복잡하네요."

"뭐, 그렇지. 자, 슬슬 메이크업 시작하자."

"옙."

최성재가 손짓을 했다.

그러자 메이크업 스태프들이 다가왔다.

일사불란하게 영웅의 머리를 만지고 얼굴에 화장품을 바르기 시작했다.

짧은 시간 자주 화장을 해서 그런가?

이제는 나름 익숙해졌다.

얼굴의 톤이 바뀌고 머리는 연예인처럼 바뀌었다.

그때 촬영장 한곳이 시끄러워졌다.

고개를 돌리니 한 여성이 들어오고 있었다. 화려한 옷차림에 밝은 미소가 눈에 띄었다.

"안녕하세요! 안녕하세요!"

스태프들에게 연신 인사를 했다.

영웅도 아는 얼굴이었다.

최근 연예계에서 가장 핫한 여자 아이돌이었다.

'우와…… 예린이다.'

영상보다 실물이 더 낫다.

"영웅 씨도 예쁜 여자를 보니까 눈이 커지네?"

머리를 만져 주던 스태프의 말에 영웅이 고개를 숙였다.

그 모습이 귀여웠는지 스태프들이 미소를 지었다.

그때 예린이 다가왔다.

"안녕하세요? 오늘 같이 촬영하게 된 걸스의 예린입니다! 잘 부탁드려요!"

"예……. 저도 잘 부탁드립니다."

예린이 싱긋 웃고는 돌아갔다.

가슴이 두근거렸다.

'저렇게 예쁜 여자도 있네.'

곧 준비가 끝나고 촬영이 시작됐다.

"영웅 씨부터 시작할게요."

영웅은 평지에서 공을 던졌다.

어색했다.

매일 마운드에서만 던졌으니 말이다.

하지만 이내 익숙해졌다.

"오케이, 이제 표정을 찍을게요. 팔은 이전보다 살살 돌려도 좋지만 표정은 실전처럼 해주세요."

요구하는 것도 많았다.

화보를 찍는 건 애교처럼 느껴졌다.

'하…… 야구하고 싶다.'

너무 오래 쉬어서 그런가?

요즘 따라 그런 생각이 들었다.

공을 제대로 던지고 싶었다.

"오케이! 컷! 30분만 쉬다가 하겠습니다."

지쳐 갈 때쯤 휴식 시간이 주어졌다.

영웅이 한숨을 내쉬며 의자에 앉았다.

"하아……."

"힘들죠?"

최성재가 다가와 음료수를 건넸다.

"정말 너무 힘드네요."

"촬영이란 게 심적으로도 많이 힘들어요."

그때 스태프들이 다가왔다.

"저……."

"네?"

"휴식 중이라 죄송한데요. 혹시 저희들 공 던지는 것 좀 봐 주실 수 있을까요?"

"저희가 사회인 야구를 하는 중인데 제대로 가르쳐 주는 사람이 없어서요."

"팀에 들어간 지 3개월 됐는데. 공도 제대로 못 던진다면서 경기에 끼어주지도 않아요."

세 사람이 연달아 이야기를 했다.

영웅이 최성재를 바라봤다. 과자를 원하는 아이의 눈빛을 보니 최성재가 한숨을 내쉬었다.

"하아-! 대신 무리하면 안 됩니다."

"당연하죠! 혹시 공 던질 곳이 있나요?"

"예! 이쪽에 비어 있는 스튜디오가 있습니다."

건물 안에는 여러 개의 스튜디오가 있었다.

때마침 옆 스튜디오가 비어 있었다.

영웅은 그들의 안내를 받아 이동했다.

우르르 움직이자 주변의 이목을 끄는 건 당연했다.

"어딜 가는 거야?"

"글쎄요?"

이유를 모르는 사람들이 의아한 표정을 지었다.

그중에는 예린도 있었다.

옆 스튜디오에 도착한 영웅은 스태프들의 실력을 확인했다.

빡—!

툭—!

"어?!"

"아씨! 그것도 못 잡냐?!"

실력은……

기본이 안 되어 있었다.

사회인 야구에도 수준이란 게 있다.

이들은 가장 밑이었다. 막 시작한 초심자였다.

누구나 그럴 때가 있다.

문제는 이들을 가르쳐 주는 사람이 없단 것이다. 만약 있다면 3개월 동안 이 정도는 아니었을 테다.

"모여보세요."

영웅의 부름에 사람들이 모였다.

"최 과장님, 공 좀 받아주시겠어요?"

"예."

글러브를 착용한 두 사람이 5m의 거리를 두고 섰다.

"현재 여러분은 던지는 거 포구하는 거, 모두 기본이 잡혀 있지 않아요. 공을 던질 때 중요한 건 손끝으로 공을 채는 거예요."

"저…… 공을 챈다는 게 도대체 무슨 의미입니까? 사람들이 많이들 이야기하지만 물어보면 다들 설명하는 게 다릅니다."

"간단히 설명하면 긁는 겁니다. 공이 손을 떠나기 마지막 순간에 손끝으로 실밥을 긁어주는 겁니다. 이걸 챈다고 하죠."

"아…….."

"중요한 건 정확한 그립으로 공을 던져야 됩니다. 또한 공을 던지는 자세 역시 중요합니다. 그립을 제대로 잡았는데 공을 채는 순간의 자세가 정확하지 않으면 제대로 공이 날아가지 않겠죠?"

영웅은 다리를 내디디며 천천히 팔을 회전시켰다.

"여기까지는 천천히 해도 좋습니다. 빨리 하는 게 구속에 더 유리하지만 초반에는 정확한 자세를 익히는 게 좋아요."

팔이 귀를 지나 시선의 앞으로 이동했다.

"여기서 중요합니다. 손목을 밑으로 꺾어주면서 손끝으로 실밥을 긁어주면 됩니다. 이 동작은 빨리 해주시는 게 좋습니다."

촤앗-!

실밥이 긁히면서 빠르게 날아갔다.

뻐억-!

"우와-!"

최성재가 안정적으로 공을 받았다.

전력으로 던진 것도 아닌 데다가 전 프로선수였기에 포구하는 건 무리가 아니었다.

"자, 공을 던질 때 중요한 건 손목, 그리고 손끝으로 공을 채는 겁니다. 일단 이건 아시겠죠?"

"예!"

"그럼 연습해 보죠. 공은 저와 최 과장님이 받아줄게요."

스태프들이 공을 던졌다.

영웅이 가르친 대로 던지니 신기하게도 공이 정확하게 날아갔다. 무엇보다 속도가 이전과 달라졌다.

"오오……!"

"이렇게 쉬운 거였어?"

물론 단번에 좋아지진 않았다.

10번을 던지면 2-3번만 제대로 챘다.

하지만 그것만으로도 충분했다.

사회인 야구를 하는 사람들을 보면 제대로 공을 못 채는 이가 많았다. 제대로 가르쳐 주는 사람이 없었기 때문이다.

이들은 운이 좋은 것이었다. 무려 메이저리거한테 배운 거니 말이다.

"자, 이제 둘씩 짝을 맺고 던지고 포구를 해보세요."

포구도 야구에서 중요했다.

"공을 잡을 때 눈을 감으시면 안 됩니다."

"공이 글러브에 들어오는 마지막 순간까지 닫으면 안 돼요."

"공을 잡지 못할 거 같으면 피하세요. 여러분은 프로가 아니에요. 괜히 부상을 입으면 그게 더 손해입니다."

영웅은 열정적으로 가르쳤다. 누군가를 가르친다는 게 이렇게 재미있는지 처음 알았다.

그동안 촬영으로 쌓였던 스트레스도 풀렸다.

"자자! 이제 슬슬 마무리하고 촬영 들어가죠!"

그때 다른 스태프가 다가와 말했다.

짧은 스트레스 해소는 그렇게 끝이 났다.

to be continued